Tucholsky   Wagner   Zola   Scott
   Turgenev   Wallace   Fonatne Sydow   Freud   Schlegel
     Twain   Walther von der Vogelweide   Fouqué   Friedrich II. von Preußen
             Weber   Freiligrath
  Fechner   Fichte Weiße Rose   von Fallersleben   Kant   Ernst   Frey
                                                        Richthofen   Frommel
          Engels   Fielding   Hölderlin
     Fehrs   Faber   Flaubert   Eichendorff   Tacitus   Dumas
             Maximilian I. von Habsburg Fock   Eliasberg   Ebner Eschenbach
  Feuerbach   Ewald   Eliot   Zweig
         Goethe   Elisabeth von Österreich   London   Vergil
Mendelssohn   Balzac   Shakespeare
                    Lichtenberg   Rathenau   Dostojewski   Ganghofer
     Trackl   Stevenson   Tolstoi   Doyle   Gjellerup
Mommsen   Thoma   Lenz   Hambruch
        Dach   Verne   von Arnim   Hägele   Hanrieder   Droste-Hülshoff
                  Reuter   Rousseau   Hauff   Humboldt
     Karrillon   Garschin   Hagen   Hauptmann   Gautier
         Damaschke   Defoe   Hebbel   Baudelaire
                     Descartes   Hegel   Kussmaul   Herder
Wolfram von Eschenbach   Dickens   Schopenhauer   Rilke   George
      Bronner   Darwin   Melville   Grimm Jerome
        Campe   Horváth   Aristoteles   Bebel   Proust
  Bismarck   Vigny   Barlach   Voltaire Federer
                    Gengenbach   Heine   Herodot
    Storm   Casanova   Tersteegen   Grillparzer   Georgy
         Chamberlain Lessing   Langbein   Gilm   Gryphius
 Brentano   Lafontaine
  Strachwitz   Claudius   Schiller   Schilling Kralik Iffland Sokrates
     Katharina II. von Rußland   Bellamy
                       Gerstäcker   Raabe   Gibbon   Tschechow
  Löns   Hesse   Hoffmann   Gogol   Wilde   Gleim   Vulpius
   Luther   Heym   Hofmannsthal   Klee Hölty   Morgenstern
       Roth   Heyse Klopstock   Kleist   Goedicke
 Luxemburg   Puschkin   Homer   Mörike
         La Roche   Horaz   Musil
   Machiavelli   Musset   Kierkegaard   Kraft   Kraus
Navarra   Aurel   Lamprecht   Kind   Moltke
 Nestroy Marie de France   Kirchhoff   Hugo
                        Laotse   Ipsen   Liebknecht
   Nietzsche   Nansen   Ringelnatz
         Marx   Lassalle Gorki   Klett   Leibniz
  von Ossietzky   May   vom Stein   Lawrence   Irving
 Petalozzi   Platon   Knigge
    Sachs   Pückler Michelangelo   Kock   Kafka
         Poe   Liebermann
   de Sade Praetorius   Mistral   Zetkin   Korolenko

Das Kirchlein zu den sieben Wundern

Hugo Marti

Impressum

Autor: Hugo Marti
Umschlagkonzept: toepferschumann, Berlin

Verlag: tredition GmbH, Hamburg
ISBN: 978-3-8424-0927-9
Printed in Germany

Text der Originalausgabe

Hugo Marti

Das Kirchlein zu den sieben Wundern

Basel * Im Rhein-Verlag * Leipzig
1 · 9 · 2 · 2

Ehe der Rhein seine Heimat verläßt, um breit und mutig aus den tannenschattigen Bergtälern für immer ins Hügelland und die fruchtbare, weite Ebene hinauszuziehen, dem Meere zu, durchfließt er die alte, vornehme Stadt Basel, rüttelt mit jauchzender Kraft an den Brückenjochen, spiegelt vielfarbigen Glanz, den ihm die Sonne zuwirft, in die Fenster der ehrwürdigen Häuser hinauf, die hoch über seinen Ufern gebaut sind, und trägt auf starken Wellenarmen dunkle Glockenlieder, die von den rotglühenden Münstertürmen an den Sommerabenden gesungen werden.

Wie wenn zum Jüngling, der in die Ferne drängt, das Mädchen spricht: Fahr wohl! Du lässest mich zurück und wirst wohl schönere sehen als ich bin, und dennoch wird aus allen dir mein eigen Bild entgegenstrahlen, und du kannst mich nie vergessen! – so hat sich Basel an den Rhein gebaut und blickt hernieder in sein dunkles, eilendes Gewoge.

Hinter den Türmen und dem Dächergewirr der Stadt steigen die Jurahügel empor, grüne Buchenwälder, braune Aecker und goldene Kornfelder ausbreitend wie ein altes Buch, das fleißige Meisterhände mit satten Farben geschmückt haben.

Am Ende eines dieser stillen Hügeltäler steht das Kirchlein zu den sieben Wundern.

Ein schmaler Weg führt an den brandgeschwärzten Mauern eines verödeten Klosters vorbei, durch die Wiesen und Felder, klettert ein wenig am linken Berghang hinauf, dem Wald entgegen, der sich ins Tal herabneigt, und verliert sich als kaum sichtbarer Pfad in ein Dickicht von Gestrüpp, wilden Rosen, Disteln und Brombeersträuchern. Und dahinter steht das Kirchlein. Helles, rohgefügtes Gemäuer, eine knarrende Türe mit lose wackelndem Handgriff, zerbrochene, farbige Scheiben, leere Nischen mit Spinngeweben, die in einem verlorenen Sonnenstrahl zittern, – und dort: die Säule aus rotem Stein, auf der das Bild, das wundertätige, vor Zeiten gestanden haben soll.

Es ist ganz still und dämmerig, aber durch die offene Türe blendet ein Meer von Sonne, wilden Rosen und Distelblüten in den schattenkühlen Raum. Und über dem hohen Gras und den leuchtenden Blumen hängt der weite, blaue Himmel.

Die sieben Wunder aber, von denen das Kirchlein den Namen hat, will ich erzählen, wie ich sie aus alten Schriften und Aufzeichnungen gelesen und im Gedächtnis behalten habe.

Anselm der Bildhauer

Das erste Wunder ist geschehen zur Zeit, da Basel schon weit in allen Landen bekannt war seines großen Handels und reichen Bürgerstandes wegen. Tätiges Leben hastete in den engen, winkligen Gassen; in den dunkeln, hochgiebligen Häusern häuften sich Schätze aus dem wundersamen Osten und fruchtbaren Süden und wurden vertauscht und vermarktet gegen die Reichtümer der nördlichen Länder; in den Zunfthäusern beriet eine freie und selbstbewußte Bürgerschaft über das Gedeihen und Fortkommen ihrer Stadt; um den stillen Münsterplatz herum hausten die Domherren und der Bischof, und emsige Gelehrsamkeit war daheim in den Häusern hoch über dem Rhein, von denen der Blick in die dunkeln Schwarzwaldberge hinüber geht.

Damals lebte in Basel ein Maler, der weit in der Welt herumgekommen und an manchem Fürstenhof wohl empfangen und geschätzt war, der aber von seinen ehrsamen Mitbürgern wegen seines absonderlichen und anstößigen Lebenswandels nur mit Kopfschütteln und manchem heimlich gesprochenen bösen Wort in ihren Mauern geduldet wurde. Er hieß Anselm und wurde in seiner Vaterstadt der wilde Maler genannt, anderorts aber, besonders in Frankreich und England, wo er lange Zeit geweilt hatte, der Frauenfreund.

Diesen Namen verdankte er seiner Kunst, die er beinahe ausschließlich darauf verwendete, schöne Frauen zu zeichnen und zu malen, edle, anmutige Gestalten in dunkel leuchtenden und reichverzierten Gewändern, mit blassen Gesichtern und seltsam beschatteten Augen, die wie von Durst oder Trunkenheit zu funkeln schienen.

Schon manche Frau hatte nach Anselm geschickt und ihn zu sich beschieden, um ihr Abbild von seiner Hand zu bestellen, und in manchem Waffensaal, in mancher Burghalle hingen Werke seiner Kunst. Doch vermochte ihn diese Fähigkeit, um die ihn so viele andere Menschen beneideten, nicht glücklich und ruhig zu machen; sie schien vielmehr in ihm als loderndes Feuer zu brennen und ihn, wie Hunde ein edles Tier, durch Städte und Länder zu jagen, so daß er jeder Seßhaftigkeit ausweichen mußte und oft schon die Aufforderung fürstlicher Gönner, sich auf Jahre oder Monde bei ihnen als Gast niederzulassen, abgewiesen hatte.

Nach seiner Vaterstadt kehrte er hin und wieder zurück, wenn ihn sein Weg in ihre Nähe führte, und hier verweilte er noch verhältnismäßig lange. Er besaß ein Haus an dem Gäßlein, das zum Münsterplatz emporklimmt, und bewohnte es allein, füllte die Gemächer mit seinen Gemälden, fremdländischen Stoffen und seltsamem Schmucke an und lud sich oft durchreisende Herren mit ihrem Gefolge, zu andern Zeiten aber auch fröhliche Gesellen und liederliches Weibsvolk zu Gast.

Empfanden es nun die Bürger schon als Schmach und Zurücksetzung, wenn die fremden Herren bei dem wilden Maler anstatt auf ihren Zunftstuben zu Gaste saßen, so floß ihnen erst recht die Galle ins Blut, wenn sie hörten, wie alle Armen und Elenden der Stadt die Freigebigkeit und die Wohltaten Anselms priesen, – denn der Maler versäumte nie, wenn er selber mit den liederlichen Weibern und den ausgelassenen Gesellen tafelte und zechte, im großen Hausflur reichbesetzte Freitische aufzuschlagen, zu denen jedermann geladen war, den Hunger und Not hertrieb, also daß sein Name in aller Leute Mund war und, je nachdem die Kehle ihn als Fluch oder als Dank formte, den beiden großen Parteien in der Stadt hätte zum Feldzeichen und zur Parole dienen können.

Obwohl ihn also die Bürger weidlich verabscheuten und haßten, wagten sie es dennoch nicht, ihn etwa aus der Stadt zu weisen oder sonstwie gegen ihn aufzutreten; sie fürchteten nämlich nicht nur seinen großen Anhang unter dem niedern Volk, sondern sie scheuten auch die Domherren und die gelehrten Pfaffen am Münsterplatz, mit welchen allen er gut Freund war, wie denn auch, nach dem Zeugnis der Späher und Horcher, manche Kutte sich zu den tollen Gelagen, die der Frauenfreund gab, schleichen sollte.

Anselm hatte auch einmal, da er wieder längere Zeit in Basel hauste, für die Chorstühle der geistlichen Herren im Münster eine kunstreiche Zierschnitzerei verfertigt. Als nun am Feiertag, zur gewohnten Predigtstunde, die Pfaffen ihre Plätze eingenommen hatten, erhob sich aus ihren Reihen ein Kichern und Lachen, und alles Volk sah erstaunt auf die schütternden Bäuchlein und wackelnden Kapuzen der ehrwürdigen Herren, die sonst immer so still und versunken in den hohen, dunkeln Stühlen zu erblicken gewesen waren. Es hatte aber der wilde Maler auf ihre Armlehnen und ihnen zu Häupten einen bunten Zug närrischer Gestalten, Menschen, Tiere und Fabelwesen angebracht; mit viel Witz und scharfem Geist verspottete er darin die Schwächen und Eitelkeiten des menschlichen Geschlechtes und ließ sie alle in immer neuen Darstellungen und Deutungen vorüberziehen, so daß die geistlichen Herren über diesem beschaulichen Vergnügen die Predigt und den Gottesdienst und das Schläfchen vergaßen und sich der Betrachtung und dem Lachen ganz und gar hingaben.

Von seinen Reisen brachte Anselm immer große Summen Geldes zurück, sodaß ihn seine Lebensführung, so üppig und verschwenderisch sie auch war, nicht in Schulden stürzen konnte. Es nistete sich aber um ihn herum eine leichtsinnige Kumpanei in Basel ein, die sich auf seine Kosten ihr Leben fröhlich und sorglos machte und den Bürgern auf alle Weise Anlaß zu Aerger und Erbitterung gab. Besonders waren es zwei junge, hübsche Weiber, die ihm aus dem Wälschland nachgefolgt waren und die er immer und immer wieder malte, so sehr gefielen sie seinen Augen; diese heizten manchem kühlen Bürger so tüchtig unter dem Herzen ein und warfen, durch ihre höhnische Sprödigkeit, so manche Handvoll Kohle auf die rote Glut, daß Anselm ernstlich daran dachte, die Stadt wieder zu verlassen, denn alte Ratsherren, reiche Gewürzkrämer, Lederhändler und Kürschner, alle bestürmten ihn in seinem Haus und forderten ihn auf, ihre Ehegesponse zu malen, spähten dabei nach den fremdländischen Weibern aus und hofften auf günstige Gelegenheiten, während der wilde Maler in ihren eigenen Häusern zu arbeiten hätte.

Da ereignete sich eines Tages, als Anselm mit einigen durchziehenden Kriegsgesellen zechte, daß ihm gemeldet wurde, eine Frau sei vor seinem Hause abgestiegen und wünsche ihn zu sprechen. Er befahl, sie herein zu führen, und wunderte sich sehr, wer es sein möchte, – wurde ja doch sein Haus von ehrbaren Frauen gemieden. Er blieb auch lässig auf seinem teppichbedeckten Sessel liegen und fuhr in seiner Rede weiter, wo er unterbrochen worden war, und sofort tönte wieder das helle Lachen der Weiber und hallten die heiseren Rufe der Gesellen durch das Gemach.

Da stieß eine Hand die Türe auf, eine Frau trat auf die Schwelle und blickte lächelnd über die Tischgesellschaft nach dem wilden Anselm. Dieser erhob sich, näherte sich langsam der Frau unter der Türe und begrüßte sie auf edle Art, wie er es an den Höfen gesehen und gelernt hatte. Dann führte er sie an der Hand in einen Nebenraum, den er gewöhnlich zum Malen benützte, und trug ihr einen schweren, geschnitzten Holzstuhl herbei. Die Frau setzte sich, und Anselm stand mit gesenktem Haupt vor ihr, denn er bereute, ihren Augen das Schauspiel der ausgelassenen Tischgesellschaft in seinem Haus gegeben zu haben.

Die Frau aber sprach mit sanfter Stimme den Wunsch aus, von ihm, dem berühmten Maler, ihr Bildnis schaffen zu lassen, und sie versprach, jeden zweiten Tag ihn aufzusuchen, wenn es ihm so gefalle. Er willigte ein und verwunderte sich noch mehr, daß eine ehrbare, junge Frau ein zweites Mal sein Haus betreten wolle. Er bemerkte kaum, wie ihm die Gestalt zunickte und dann leicht und leise zur Türe hinaus verschwand, so tief versunken in seine aufgewühlten Gedanken stand er da, – griff dann plötzlich in die leere Luft um sich, eilte hinüber ins andere Gemach und hörte noch, wie das Getrappel von Rosseshufen durch die enge Gasse davon klapperte und dann verhallte im werktäglichen Lärm der Straßen.

Die Zechgesellen und Weiber kehrten von den Fenstern, durch die sie dem davonreitenden Zuge nachgesehen hatten, an den Tisch zurück, befragten Anselm neugierig um Auskunft und ließen sich unter Scherz und Gelächter wieder auf den Sesseln nieder. Da Anselm mit Antworten kargte und stumm vor sich hinbrütete, fingen sie an sich zu streiten, weil der eine der Kriegsgesellen behauptete, er hätte auf dem Zaumzeug das Wappen derer von Dorneck erblickt, der andere aber hoch und heilig schwor, er kenne die Frau, es sei die Wartenbergerin, so wie die sitze keine zu Roß. Die beiden Gesellen erhitzten sich darob und hoben schon die Humpen gegeneinander zum Wurf, die andern mischten sich auch ein und traten den Streitenden zur Seite, als plötzlich der wilde Anselm auf und dazwischen fuhr und seine Gäste wegjagte und sich für die nächsten Wochen alle Besuche verbat. Lärmend zog die Rotte das enge Gäßlein hinunter und überließ den Maler seinen trüben Gedanken, die er nun anstatt der ausgelassenen Schreier an der unordentlichen, verwüsteten Tafel zu Gast hatte.

Die fremdländischen Weiber, die noch in seinem Haus nisteten, schickte er am andern Tage, ehe die Frau erschien, ebenfalls weg und so jedesmal an den Tagen, da er die Unbekannte malte; als sie aber argwöhnisch zu trotzen anfingen und in losen Worten von der Frau schwatzten, füllte er ihnen die gierigen Hände mit Gold und schloß ihnen seine Türe für immer.

Ganz einsam und zurückgezogen lebte er nun in seinen Räumen, unablässig arbeitend an dem Gemälde der unbekannten Frau. Jeden zweiten Tag ritt sie mit ihrem Gefolge vor sein Haus am Gäßchen, stieg ab, übergab ihr Pferd einem Begleiter und schickte den Troß in eine benachbarte Herberge mit der Weisung, wann sie abgeholt zu werden wünsche. Allein und unbegleitet trat sie in Anselms Haus, schritt in sein Arbeitsgemach, begrüßte ihn, der schon vor ihrem Bilde stand, und setzte sich in den Lehnstuhl, umflossen vom hellen Lichte, das durch ein niederes, breites Fenster flutete.

Während Anselm emsig, mit leuchtenden Augen, an dem Gemälde arbeitete, sprach sie manches ernste und besonnene Wort mit ihm, ließ sich auch von seinen Reisen in fremden Ländern und von Menschen aller Art erzählen und brachte mit der Zeit in seine verwilderte Seele ein wenig Ordnung und Ruhe. So oft sie aber zu sehen begehrte, was er schon an ihrem Bild geschaffen habe, bat er sie um Geduld, bis das Werk vollendet sei, denn er fürchtete, sie möchte ihm durch irgendein Wort des Lobes oder des Tadels den Mut zu der Aufgabe nehmen, die ihm schon so von einemmal zum andern immer schwerer vorkam und deren endliche Lösung ihm oft vermessen und unmöglich schien.

Eines Tages stand er wieder vor dem Bild und war gerade damit beschäftigt, über die blauen Augen jenen leisen, zarten Schleier zu breiten, indem er die Lider müde und doch lauernd den klaren Blick beschatten ließ; er spielte mit den Farben, so meisterlich wie nur ein klarer Sommerabend, der langsam ein Licht ums andere löscht, um die hereinbrechende Nacht desto geheimnisvoller leuchten zu lassen, da trat er jäh von dem Bilde zurück, besah es starr und wandte sich dann weg. Ihm war, als sei ein Schleier auch zwischen ihm und dem Bilde niedergefallen, ein Schleier, der ihn von seinem Werke trenne und es ihm fremd und hassenswert mache.

Seine Kunst, sein meisterliches Farbenspiel, von dem vielleicht zur selben Stunde mancher schöne Frauenmund in den Landen umher sprach und sich im Loben nicht genug tun konnte, das kam ihm nun alles um keinen lumpigen Deut besser vor als das verächtliche Treiben und Hantieren der Gaukler, die zu den Zeiten der großen Märkte in der Stadt an irgendeiner Straßenecke ihre Possen trieben, auch so meisterliche Spiele wie Schwerter fressen und Feuer speien, und vor denen sich das Volk drängte und stieß und jeder das Maul aufriß vor Staunen und die Augen verdrehte vor Bewunderung. Solchermaßen dachte Anselm von seiner gepriesenen Kunst und lachte höhnisch.

Einen langen Tag verharrte er in bitterem Schmerz und lautloser Klage, wanderte ruhelos durch die Zimmer seines Hauses und kehrte immer wieder vor das Bildnis zurück. Wie in einem Fiebertraum durchwachte er die schwüle Sommernacht; als er stöhnend das schwere Fenster aufriß und nach den Sternen blickte, die hoch über den spitzgiebligen Dächern und den beiden schlanken Münstertürmen funkelten, erschreckte ihn ein Geräusch wie von schleifenden, trippelnden Füßen, von rauschenden, schleppenden Gewändern, und ihm war, als nahe sich durch das gewundene Gäßlein herauf ein Zug aller Frauen, die er gemalt hatte, und hundert Augen brannten, gierig und dennoch stumm anklagend, weiße Arme und zuckende Finger reckten sich nach ihm, und wie ein Strom von bebend drohenden Fäusten flutete es aus dem Dunkel herauf. Krachend schmiß er das Fenster zu, daß aus dem Blei klirrend das Glas sprang und auf den Pflastersteinen zerschellte.

Als der Morgen langsam über den Dachfirsten dämmerte und eine ferne Glocke zitternd zu rufen begann, stieg vor Anselms wirren, traumbetörten Augen, wie ein Turm aus den Nebeln des Rheins, wenn die Herbstsonne durchbricht, das reine Bild der unbekannten Frau empor, mit leisen, edlen Bewegungen, den Kopf zierlich geneigt, als trüge sie auf den zartgebauten Schultern eine unsichtbare Last, und die Augen voll strahlender Güte, klar, warm und lächelnd, wie am ersten Tag, da sie sein Haus betreten und er sie beschämt an der Hand von der lärmenden Schmauserei hinweggeführt hatte.

Da schritt Anselm ruhig, aber abgewandten Hauptes, vor das Gemälde, riß es herunter und warf die Fetzen in eine Zimmerecke. Aus den Hölzern, die in verschiedener Art und mannigfacher Größe an den Wänden herumstanden, wählte er ein untadliges, fehlerloses Stück, schliff seine Messer und rüstete sein sonstiges Schnitzereigerät und begann den Block zu bearbeiten. Ohne auszuruhen werkte er, solange die Sonne das Zimmer erhellte, und abends standen schon die rohen, noch eckigen Umrisse einer schlanken, weiblichen Gestalt vor ihm, seltsam aufragend im Dämmerlicht aus dem Gewühl der Späne und abgesplitterten Holzstücke, in denen er selber auf wunden Knieen lag.

Und also verbrachte er alle folgenden Tage in rastloser Arbeit, unermüdlich schnitzend und meißelnd, sodaß ihm oftmals Abends die Finger bluteten; er genoß kaum die spärliche, einfache Speise, die er sich in der Dämmerzeit einkaufte, und wurde scheu und floh die Menschen, aber nicht im Haß sich vor ihnen verschließend, sondern mit den Gedanken eines, der Wichtigeres kennt als die Geschäfte der Welt. Seine Gestalt, die früher schon recht behäbig und beinahe schlaff ausgesehen hatte, wurde wieder sehnig und straff, sein Antlitz hart und innere Kräfte spiegelnd, und seine Augen blickten von Tag zu Tag leuchtender und klarer. Er merkte es auch gar nicht, daß die fremde Frau nie mehr kam, ja er sehnte sich nicht nach ihr, so rein und deutlich stand ihr ungetrübtes Bild vor seiner Seele, vom Morgen an, da er zu seinem Werk sich rüstete, bis in die stille Nacht hinein, da er müde auf das Lager fiel, und noch durch seine Träume ging sie, leis und lächelnd.

Indessen wuchs ihr Standbild wunderbar aus dem Holze heraus, immer feiner und zarter gerieten die Formen des schlanken Körpers, die Linien des Gewandes, die Züge des Hauptes und der Hände. Und eines Tages, da er mit scharfen Messern noch da und dort verbessert hatte, trat er vom Werk zurück und besah es.

Schon fiel späte Nachmittagssonne durchs breite Fenster, das braunrote Holz glühte, als ob Blut in ihm fließe, und dunkle Schatten spielten darauf. Und da stand das Bildnis der fremden, unbekannten Frau: am Körper floß das Gewand herunter, knapp anliegend über den Brüsten und breit von den Hüften bis über die Füße fallend, weite Aermel umschlossen die Arme bis zu den zarten

Knöcheln, die Hände aber hielten eine Blume in losen Fingern und schienen spielend die Blütenblätter zu zählen; wie eine wohlgewachsene Lilie stiegen Hals und Haupt aus dem Gewand empor, das schmale Antlitz war leicht gesenkt, und während die Augen das Spiel der Hände besahen, schien das Ohr, das kaum unter den lose gebundenen Flechten zu erblicken war, einer Bitte zu lauschen, der schon vom lächelnden Mund Erfüllung gewährt war.

Lange verharrte Anselm vor dem Bilde, und Tränen stiegen ihm in die Augen, dann verließ er das Haus, um durch die nahende Nacht zu streifen. Die Seele war ihm übervoll von Jubel und Dank, Lieder gingen vor ihm her und trugen den Schwung seiner Schritte in ihren Weisen, und wo er Menschen begegnete, grüßte er sie und sprach mit ihnen von ihrer Freude und tröstete sie in ihrem Schmerz. Von der Höhe der Münsterpfalz schleuderte er die Werkzeuge, die seine Hände an dem Standbild gebraucht hatten, in den Rhein hinunter, denn zu keinem andern Werke mehr wollte er sie zwingen.

Am folgenden Morgen, noch ehe sich die Nebel von den Wassern hoben und als die letzte Nachtwache von den Stadtmauern und Toren zurückkam, erhob sich Anselm, lud das Bildnis der unbekannten Frau auf seine Schulter, verließ das Haus, schritt im ersten Dämmerlicht durch die leeren Gassen und machte sich auf nach den bewaldeten Bergen, die noch dunkel, aber scharf vom grauen Himmel sich abhebend, dalagen. Es war, als zöge sich hinter den Heerscharen der Nacht die letzte, stumme Nachhut eben in ihre Täler und Schluchten zurück.

Lange wanderte er ohne zu rasten, obwohl ihn das Bildnis schwer zu Boden drückte. Er blickte auch kaum von der Erde auf, sondern setzte gleichmäßig Schritt vor Schritt wie einer, der sein Ziel kennt. Er betrat, nachdem er eine Weile gestiegen war, ein schmales, von waldigen Höhen umschlossenes Tälchen und blieb aufatmend stehen, während er das Bild behutsam neben sich ins feuchte Gras legte. Eben schwirrten die ersten Sonnenstrahlen über den Bergkamm her und rieselten wie sprühendes Gold ins Geäst der Buchen und durch das Gestrüpp und Moos und entzündeten auf jedem Halm Tauperlen in glühenden Farben.

Da war es Anselm plötzlich, als erlausche sein Ohr das Geräusch von Rosseshuftritt. Spähend blickte er ins Tal, aber er bemerkte nichts, soweit der schmale, von Gräsern überwucherte Weg zwischen Wiesen und Feldern sichtbar war. Zögernd tat er ein paar Schritte vorwärts, da erkannte er zu seiner Rechten am Wegrain einen alten Mann in bäurischem Gewand, der eine Sichel in der Hand trug und ebenfalls in die Ferne starrte, wobei er die andere Hand schützend über die blöden Augen hielt. Anselm rief ihn an und fragte, ob nicht jemand vorübergeritten sei und wohin der Pfad führe. Der Greis kam langsam auf ihn zu und gab zur Antwort, dieser Weg endige in jenem Gestrüpp von wilden Rosen, doch die Frau, die hier vorübergesprengt und dort im Dickicht verschwunden sei, kenne er nicht; die Dorneckerin, die manchmal hier jage, könne es nicht gewesen sein, denn jene schaffe sich ihren Weg mitten durch die Kornfelder, das Gefolge breit hinter ihr her und die Hunde wild voraus, während diese unbekannte Reiterin ihr weißes Roß nicht einen Schritt vom Wege abgetrieben, wohl aber im Vorbeitraben mit rascher Hand einige Aehren abgerauft habe; ihm scheine es, fügte der Alte sinnend hinzu, als sei das Korn durch die Hand, die darüber gestrichen, plötzlich reif geworden, es leuchte heute wie Gold, während es gestern noch unansehnlich dagestanden habe.

Anselm lächelte und fragte ihn nach dem Aussehen der Reiterin, worauf ihm der Bauer die unbekannte Frau beschrieb, deren Abbild Anselm geschaffen und auf der Schulter hergetragen hatte. Da dankte er dem Greis, nahm lächelnd das Holzbild vom Boden auf und schritt auf dem Wege weiter, der zu den wilden Rosen führte. Als er in das Gestrüpp eindrang, neigten sich die dornigen Zweige vor ihm und seiner Last, beugten sich ausweichend zurück, also daß er wie zwischen hohen Mauern wandelte, die sich hinter ihm wieder zusammenschlossen, und daß kein Dorn sein Gewand streifte oder seine Haut ritzte oder gar das Bildnis zerkratzte.

Eine kleine Wiese, etwa zehn Schritte ins Geviert, lag mitten in der Rosenwildnis. Eine niedere Säule aus rotem Sandstein ragte aus dem Rasen empor. Anselm stutzte, als sein Auge auf dem Stein alte, geheimnisvolle Zeichen erblickte, wie sie von den römischen Kriegern, die einmal hier auf Grenzwacht gelegen hatten, ihren heidnischen Opferstätten als Gebet zu ihrem wilden Schlachtengott eingemeißelt worden waren. Aber siehe da: auf der Säule lag ein Kränzlein von wilden Rosen, unverwelkt und herrlich duftend, und als Anselm staunend hinzutrat, sah er zwischen den Blüten und Dornen ein langes Haar in der Sonne schimmern, goldigbraun wie diejenigen der unbekannten Frau. Anselm lauschte in der Runde und ließ seinen Blick durch die Sträucher und über sie hinaus schweifen, aber seine Augen sahen weder die Frau noch das weiße Roß, sein Ohr hörte nicht Wort noch Hufgetrappel. Da stellte er das Standbild auf die rote Säule, drückte ihm das Rosenkränzlein auf das Haupt und kniete im Gras nieder zu stillem Gebet. Rings herum wogten leise im Wind die dichtverwachsenen Sträucher, darüber blaute der Morgenhimmel, nie ward in einem schönern Tempel aufrichtiger zur lieben, wundertätigen Frau und Gottesmutter gebetet.

Um die Mittagsstunde kehrte Anselm nach der Stadt zurück, schloß sich wieder in seinem Hause ein, bis zur Abenddämmerung, dann trug er all sein Hab und Gut zu den Krämern und Juden, seine Schmucksachen, die seltsamen Perlen und den Bernstein, die silbernen Ketten und Becher zu den Goldschmieden, die bunten Teppiche und fremdländischen Seidenstoffe zu den Händlern und verkaufte alles um eine Handvoll Goldmünzen. Diese sowie das Geld, das noch in Kassen und Schreinen zu Hause verstreut lag, schmolz er während der Nacht in einem Tiegel zusammen und hämmerte daraus einen mäßig großen Reifen, den er am folgenden Tag, da das Rosenkränzlein welk geworden war, dem Bilde der lieben Frau als leuchtenden Schein um das Haupt legte.

Und seit dieser Stunde war der wilde Maler aus der Stadt verschwunden und es hat keiner der ehrbaren Bürger je erfahren, was aus ihm wurde, aber alle stimmten überein in der unverhohlenen Ahnung, daß er endgültig und verdientermaßen und elend zugrunde gegangen sei.

Der Junker von Dorneck

Wie es vorkommen mag, daß in einen wohlgepflegten Garten mit geraden, schattenspendenden Baumreihen und sauberen Beeten voll Blumen und Gemüsen, in eine Ecke beim Zaun vielleicht ein fremder, vom Wind verwehter Samen geraten kann, der in die dunkle Erde fällt und keimt und sproßt, und übers Jahr, so steht da – nicht ein üppiges, nichtsnutziges Unkraut mitten im Weg, aber eine seltsame, fremde Blume, wie deren keine andere im Garten vorkommt, oder wächst da langsam ein wilder Rotkirschenbaum mit säuerlichen Früchten auf, knorrig und eigensinnig, und der Herr des Gartens will das fremde Gewächs erst ausrotten, läßt es aber dann geduldig und neugierig stehen, um zuzuschauen, was daraus werden mag, und seine Enkelkinder und spätere Geschlechter haben vielleicht sogar einmal Freude daran und weisen stolz ihren Gästen die ungewöhnliche Blüte oder das seltsame Holz, –

So kam auch zu jener Zeit, als das Kloster unserer lieben Frau in den Rosen noch gering war, ein fremdes Weib in die Sippe derer von Dorneck, und sie wäre um ein kleines wieder daraus verstoßen worden, hätte nicht, als ein guter Gärtner, die heilige Mutter selber ihre schützende Hand über sie gehalten. Und das geschah also:

Hanns, Herr von Dorneck, kehrte an einem Frühlingstage über den blauen Hauenstein und durchs waldige Tal der Ergolz zurück in seine Heimat, Basel zu. Als er im Abendschein die Türme der Stadt aufragen und die Dächer funkeln und den Rauch steil zum Himmel steigen sah, bog er zur Linken ab und nahm den Weg zu seiner Burg. Mit dem Arm wies er hinüber nach der rot und dunkel glühenden Stadt und dem flimmernden Strom und sagte zu der Frau, die neben ihm ritt, lachende Worte. Ein paar Gesellen und Troßknechte folgten und trieben die Rosse fröhlich an.

Die Frau fragte etwas, in wälscher Sprache und klingendem Ton. Der Ritter erwiderte: »Seit langen Jahren sah ich dieses Land nicht mehr. Und nun gefällts mir besser, als da ichs verließ. Hier will ich ausruhen von wälschen Händeln, in diesen Buchenwäldern.«

Langsamen Trottes zogen sie durchs Gehölz, und wo der Pfad sich eng zwischen einem moosigen Felsblock und den dichten

Stämmen durchzwängte, legte der Junker seinen Arm um das dunkle Weib und fragte: »Gefällts auch dir? Und reuts dich nicht, aus deiner heißen Ebene mir gefolgt zu sein in unsere Waldhügel?«

Sie schüttelte lachend den Kopf, drehte ihn aber dann zu ihm und bat: »Liebster, wirst du hier ruhig leben und mich nie verlassen?«

Da hielt er sein Roß an, wartete, bis die Gesellen und Knechte herangeritten waren, und sagte laut: »Gesellen, hört! Manches haben wir zusammen unternommen, gesehen und erlebt, und doch halte ich dafür: schöner erschien mir nichts als diese Täler und Buchenforste, durch die wir heute reiten. Hat auch nicht jeder unter euch von seinen Fahrten und Abenteuern sich Beute heimgeführt wie ich, so findet er wohl hier seinen Schatz, schmuck wie einst und kostbarer, als da er ihn verließ. Und darum mein ich und sag ich es euch: was die jungen Jahre von uns verlangten, haben wir über alles Maß geleistet; ein schlechter Kerl, der Mann, der um Abenteuer nochmals die Heimat mit der Ferne vertauscht!«

Die Männer lachten und nickten und laute Fröhlichkeit klang durch den Zug.

Da sie aber über den letzten Kamm ritten, sahen sie tief im Talgrund unter sich, mitten in den wilden Rosen, das Kirchlein stehen, das um der lieben Frau Bildnis gebaut war und wunderten sich darob und berieten hin und her; der Junker aber wütete: »Da haben sie sich fein eingenistet, dieweil der Herr weg war! Was gilts, wir finden unsere Burg wieder als ein Siechenhaus?«

Und er gab dem Roß die Sporen und sprengte den andern voran, denn es hielt ihn nicht mehr zurück. Die Burg aber stand verschlossen, wohl verwahrt hinter Riegel und Mauer, und der alte Torwart öffnete Gatter und Tür, als wäre der Herr am Morgen ausgeritten und hätte sich nicht ein Jahrzehnt und mehr in der Fremde herumgetrieben.

Als die dunkelhaarige Frau in den Burghof ritt, sah sie staunend auf zu den dicken Türmen, an denen die Schwalben ab und zu flogen, nach den zackigen Brustwehren und dem gepfählten Torgatter, und hob sich auf die Fußspitze, um durch eine Scharte hinauszulugen ins hellgrüne Geäst der Buchen. Und dann erfüllten Stimmen,

Lärm und Lachen die weiten Säle und Kammern, Fenster gingen klirrend auf, und wieder flackerte das Feuer im breiten Kamin.

Da es aber vollends eindunkelte und sie aus dem Tal ein feines Geläut heauftönen hörten, blickte der Junker die Frau an, und diese schlug ein Kreuz über Stirn und Brust. »Wollen wir unsere Nachbarn besuchen gehn?«, fragte er und lachte böse. Sie sagte leise: »Ja; seit langer Zeit kniete ich nicht mehr zum Gebet.«

So stiegen sie durch den schattendunkeln Wald hinab und über die Grashalde, traten in die wilden Rosenbüsche ein, die kaum erst belaubt waren, und dann ins Kirchlein.

Dämmerig nur lag das Licht der letzten Stunde auf den Häuptern der knienden Mönche und dem Gewand ihres laut betenden Bruders. Ganz im Schatten stand das Bild der lieben Frau, vor dem sich der Mönch manchmal tief verneigte.

Keck und mit lautem Klirren seiner Sporen trat der Junker vor die Mönche und mit der rechten Faust zog er die widerstrebende, dunkelhaarige Frau hinter sich her. Sie barg ihr Gesicht in der Hand und wollte zu Boden sinken, aber des Ritters Arm hielt sie herrisch aufrecht.

»Friede sei mit dir, Herr«, sprach ihn der Mönch an und trat einen Schritt zurück. »Störe nicht den Dienst unserer lieben Frau, wer du auch seist.« Und er streckte seine magere Hand aus dem Kuttenärmel hervor.

»Wer ich auch sei!«, höhnte der Junker. »Und wenns mir gefällt, vertreib ich euch heute noch aus diesem Talgrund und reiße euer Gehäuse ein oder zünde es euch über euren kahlen Köpfen an. Denn ich bin der Herr auf diesem Grund und Boden, und wenn ihr knien wollt, so kniet vor meinem Lieb, die meine und eure Herrin ist!«

Und nun stand die dunkle Frau unter dem Bildnis, aber nicht lächelnd und mild wie dieses, sondern in Scham und Herzensangst die großen Augen vergrabend in beide Hände.

Der Mönch erwiderte gelassen: »Dem Weib, das du vor uns gestellt, dienen wir nicht, denn wir kennen nur eine einzige Herrin; die steht über ihr. So es dein eheliches Gemahl ist, Junker Hanns von Dorneck, soll sie von uns ehrerbietig gegrüßt sein, so du sie aber aus Uebermut hergeführt hast von deinen unsteten Zügen, so weiche mit ihr aus dem Angesicht der Reinen, Makellosen.«

Bei diesen Worten sank die fremde Frau ganz zur Erde und lehnte ihre Stirne an den Stein, auf dem das Bildnis stand, und umklammerte ihn mit weitgereckten Armen. Der Junker aber stampfte und schrie: »Was kümmert mich eure Herrin? Ist sie dunkel von Haar wie mein Lieb, schwarz in den Augen und bräunlich wie eine reife Frucht? Ist ihre Minne süß wie wälscher Wein? – Komm, Liebste.« Aber als er sich zu ihr niederbeugte und sah, daß sie weinte, lachte er und spottete: »Was vergießest du Tränen vor dieser da, die ich nie geliebt und der ich nie einen Dienst getan, wie es doch allen schönen Frauen gegenüber bei mir Sitte ist?« Und er faßte sie wieder am Handgelenk, hob sie vom Boden empor und verließ mit ihr das Kirchlein.

Am folgenden Tage saß sie zu Hause, in der Erkerkammer; diese hatte ihr der Junker einrichten und alle südländischen Teppiche und Tücher dorthin bringen lassen, die in seinem Troßgepäck verschnürt gewesen waren. Sie aber kümmerte sich gar wenig um alle Herrlichkeiten, mit denen sie sonst so gerne gespielt hatte, breitete nicht die köstlichen Stoffe über die kahlen, großen Stühle und Bänke aus, sondern saß bekümmert am schmalen Fenster und hielt das Silberkreuz, das ihr an einer schlangenschuppigen Kette um den Hals hing, in den Händen. Es hatte ihr aber der Junker dies Kleinod geschenkt, das erstemal, da er sie auf der gewölbten Brücke in Venezia erblickt und weil sie so begehrlichen Auges die Schmuckstücke, Spangen und Gürtel auf den Krämertischen betrachtet hatte. Und seither war es nie von ihrem schmalen, bräunlichen Halse gekommen.

Der Junker aber freute sich seiner wiedergefundenen Heimat, indem er bei einfallendem Abend allein in den Wald hinausritt, mit leichtem Speer und seiner Armbrust hinter einem Wilde her. Und stundenlang war er einem Hirsch auf der Spur, trieb sein Roß durch Dickicht und Hochwald, über Berge und durch Schluchten, und hetzte das flüchtige Tier endlich in das stille Tälchen, nach den Rosenbüschen hin. Dort verschwand es im Schatten des Abends.

Der Junker sprang aus dem Sattel und brach durch die Büsche, mit gespannter Armbrust. Da saß auf der Treppenstufe vor des Kirchleins Tür eine Jungfrau und hielt einen Rosenzweig in der Hand, der trug kleine, zackige Blätter, aber noch keine Blüten.

Die Jungfrau erhob sich, da sie den Ritter sah, und wandte sich zum Gehen. Er aber herrschte sie an: »Hast du nicht einen Hirschen hier durchjagen sehen?«

»Nein, Herr«, sagte sie scheu und senkte das Haupt.

Der Junker trat nun näher und sah ihr ins Gesicht: »Du bist von hierzulande?«

»Ja, Herr.«

»Du warst wohl im Kirchlein, rate ich recht, oder besser: wartest du auf deinen Schatz?«

»Ach nein, Herr, ich erwarte niemand. Welcher Bursch blickte nach mir?«

»Nicht doch!« lachte der Junker und faßte sie am Arm. »Ist mir der Hirsch entgangen, so habe ich ein ander Wild eingefangen.« Und er wollte sie küssen, sie aber wehrte es ihm und streckte den stachligen Rosenzweig zwischen ihr und des Ritters Gesicht, so daß er zurückweichen mußte.

»Laßt das, bitte ich Euch«, flehte sie. »Es brächte Euch und mir wenig Ehre. Hab ich Euch nicht gestern mit eurer schönen Frau aufs Schloß reiten sehen?«

»Da hast du falsch gesehen«, lachte der Junker. »Ein Mann darf wohl zwei Liebchen haben.«

»Wie sollt ich Euch zu Gefallen sein, Herr«, fragte sie nun und sah ihn spöttisch von der Seite her an. »Liebet Ihr nicht Haare so schwarz wie der Schatten in der Tannenschlucht, und ein Gesicht braun wie reife Frucht? Doch schaut nun auf mich!« Und sie warf ihre goldblonden Flechten über die Schulter nach vorne, daß sie ihr über die Brust fielen.

»Du weißt es selber, wie schön dir die Zöpfe um die Ohren hangen«, drohte er. »Kannte ich dich nicht, als ich ein Knabe noch war?«

»Vielleicht, Herr«, erwiderte sie gelassen.

»Wohlan denn, Dirn, sei nicht stachliger als der Rosenmaien, den du dir vors Gesicht hältst und aus dem als einziges Röslein dein roter Mund hervorleuchtet. Laß es mich brechen, denn wahrlich, wieviele schöne Blumen ich mir je auf den Helm gesteckt habe, – solch frische Hagrose riß ich mir nie vom Strauch!«

»Herr«, sagte die Jungfrau leise, »ist es nun Sitte geworden, daß man Blumen bricht ohne Dank und Gegengabe? Das hörte ich nimmer so.«

Der Junker schnalzte mit der Zunge und lachte. »Dank sollst du reichlich haben, und die Gegengabe wähle dir selber aus meinem fremdländischen Plunder. Laß sehen, was soll es sein? Ein Tuch, fein gewoben und luftig wie der Wind?«

»Nein, Herr, meine Gewandung kleidet mich gut genug.«

»Ein Teppich, in tausend Farben und mit wunderlichen Bildern, darauf es sich wohl liegt?«

»Nein, Herr, denn wo sollte ich ihn ausbreiten?«

»Golddurchwirkte Bänder, ins Haar zu flechten, daß sie herniederhangen bis auf die Fersen?«

»Nein, Herr, denn meine Haare flattern gern frei im Wind und brauchen keiner Bänder, um zu leuchten.«

»Nun denn, was begehrst du von mir?« Die Jungfrau besann sich eine Weile und sagte dann:

»Die fremde Frau, die so stolz mit Euch zum Schloß hinauf geritten ist, trug ein Kreuz an einer Kette um ihren Hals.«

»Das Kreuzlein!« lachte der Ritter. »Sein Wert ist ein Spott neben allem, was ich dir anbot.«

»Und solch ein Kreuz wünsche ich mir. Läge es nicht ebenso schön auf meiner Brust?«

»Schöner, ja«, entgegnete der Ritter und sah auf die schlanke Kehle der Jungfrau. »Aber wo soll ich dir solch ein Kreuzlein herbeschaffen? Ich kann ja nach der Stadt reiten, die Goldschmiede in Basel arbeiten manch zierlich Stück.«

»Nein, Herr, es soll dasselbe sein, vom selben Silber, gleich besetzt und gleich gefaßt. Denn so wie jene Frau will ich es haben.«

»Ein güldenes, noch schöner und feiner, wird dir sicher auch gefallen«, sagte der Ritter ungeduldig.

»Dann wird Euch ein anderes Mädchen, reicher und stolzer als ich, wohl auch gefallen, Herr.« Und sie wandte sich ab, als wollte sie gehen.

»So bleib doch«, rief er ihr nach. »Aber sage mir, wo soll ich solch ein Kreuz hernehmen?«

»Die dunkle Frau wird es wohl kaum vermissen, unter all den andern Schätzen, die ihr eigen sind.«

»Du bist toll, Dirne«, lachte der Junker. »Was ich ihr geschenkt, soll ich ihr wieder vom Halse stehlen, um es dir umzuhängen?«

»Liebtet Ihr sie nicht auch einmal?«, fragte die Jungfrau leise. »Oder Ihr braucht ja nur dorthin zurückzureiten, wo Ihr jenes Kreuz erkauft habt, um mir ein gleiches mitzubringen.«

»Dirn, weißt du, was du sagst? Hast du vom wälschen Land gehört, jenseits der hohen Berge, die du erst erblickst, wenn du auf unsere höchsten Waldgipfel steigst? Du verlangst zuviel.«

»Auch Ihr, Herr, seid nicht zu bescheiden. Aber nun laßt mich gehen, die Nacht bricht herein.«

»Nein, höre. Wenn ich wiederkehre mit dem Kreuze, willst du dein Wort halten und mir Liebste sein?«

»Wenn ich sehe, was Ihr um meinetwillen getan, wird meine Liebe darnach sein, Herr.«

»Und willst auf mich warten?«

»Allabendlich will ich Euch erwarten, hier in den Rosen. Und seht, Herr, nehmt diesen Zweig hier und steckt ihn auf Euren Helm oder bindet ihn um den Schwertgriff, auf daß er Euch an den Heimweg mahne und den Pfad zurück weise.«

Der Junker nahm das stachlige Aestlein aus ihrer Hand, und als ers auf der Kappe befestigt hatte und aufsah, war die Jungfrau im Schatten verschwunden.

Er aber stieg auf sein Roß. Wie im Traume ritt er die ganze, frühlingslaue Nacht hindurch, und als am Morgen die Sonne aufstieg und aus der Ferne die Schneeberge herüberglitzerten, wieherte das Pferd und warf den Kopf empor und trabte zu, als hätte es die ganze Nacht geruht. Und das Rosenzweiglein wippte fröhlich im Frühwind.

Die dunkle Frau in der Burg aber harrte und harrte auf die Rückkehr des Junkers.

Es verflossen viele Tage, und die Zugbrücke wurde für ihn nicht niedergelassen. Es vergingen Wochen, und sein Horn ward nirgends in den Forsten gehört. Da bekümmerte sich die dunkle Frau, und ihres Schmerzes war kein Ende. Wohl behandelten die Gesellen und der Troß in der Burg sie mit aller Achtung, die der Herrin gebührt, gemäß der Weisung ihres Herrn, des Junkers, und weil sie um der Freigebigkeit und Frohmütigkeit der dunkeln Frau willen schon manch lustigen Tag erfahren hatten; die ganze Sippe aber des Ritters, die auf den umliegenden Schlössern, im Land herum und auch in der Stadt am Rhein drunten hauste, hatte unterdessen von der Rückkehr ihres Vetters vernommen, und da ihnen Kunde ward von der einsamen Burgherrin auf Dorneck, die niemand sah noch kannte, taten sie sich zusammen und gedachten, sie bei Gelegenheit zu vertreiben und das wohlverwahrte Burgnest zu Handen ihres Vetters zurückzuheischen. Daß dieser ja wohl auf seinen unsteten Zügen irgendwo einmal verbluten werde, ohne die Heimat wiederzusehen, war ihnen selbstverständlich und so unlieb nicht.

Zu jener Zeit aber, da die Anverwandten des Junkers unter dem Vorwand, für seine Rechte einzutreten, in der Stadt zusammenkamen, wo ihrer einer im Rate saß, legte sich die verlassene Frau im Schloß unter Tränen und Klagen um ihre Einsamkeit hin und gebar ein Knäblein, wohlgestalt und kräftig, und obgleich sie oft den entsetzlichen Wunsch gehabt hatte, dabei zu sterben, riß sie dieses nackte, kleine Kindlein mit Gewalt in die Welt zurück. Sie gab ihm vor dem Bilde der Gottesmutter in den wilden Rosen den Namen seines Vaters und schenkte bei diesem Anlaß den Mönchen ein schönes Stück Land, wie sie es schon lange wünschten. So standen ihr auch die Brüder redlich bei und unterstützten ihre Ansprüche wider die Sippe der habgierigen Verwandten, indem sie die fremde, dunkle Frau als rechtmäßige Herrin und das Knäblein als zukünftigen Junker von Dorneck anerkannten und diese Meinung kraft ihres weiten Einflusses übers ganze Land verbreiteten. Und alle, besonders die Geringen und Armen, hielten treu zu der allezeit traurigen Frau, die an ihnen viel Gutes vollbrachte.

Der Junker von Dorneck, als er nach raschem Ritt am zwanzigsten Tag in der schönen Stadt Venezia einzog, fand dort viel Volk versammelt, große Bewegung und Erregung überall und manchen bekannten Ritter aus den Gauen jenseits der Schneeberge. Er hielt sich jedoch nicht bei ihnen auf, sondern sein Sinn stand nach dem Silberkreuze, um dessetwillen er den tollen Ritt unternommen hatte, und er trieb sein Roß, das noch immer kräftig ging wie am ersten Tag, nach der geschweiften Brücke, auf der die Krämerbänke standen.

Dort aber knäuelte sich vor seinem Pferd eine dichte Menge, die sich bald still wie Sonnenglut, bald schreiend wie Frühlingsföhn um einen hageren Mönch herumdrängte. Die Worte, die der braungekuttete Bruder ins Volk stieß und schleuderte wie Dolche und Speere, hörte der Junker nur zum Teil, als aber der Mönch weiterschritt und das Volk sich hinter ihm nachschob, händereckend und schreiend: »Wider die Heiden, mit Gott, mit Gott!«, da begriff er das ungebärdige Treiben.

Er ritt nun auf die Höhe der Brücke, mitten im Haufen der stoßenden, drängenden Nachzügler. Aber die Krämerbänke waren leer, verschlossen standen die Kisten, und die Goldschmiede daneben paßten auf, daß ihnen im Getümmel nichts weggetragen wurde. Auf den Ladentisch, wo der Junker sein Silberkreuzlein zu finden hoffte, schwang sich nun eckig, aber behende ein Mönch und winkte einer Schar Ritter, die von der andern Seite her auf die Brücke gekommen waren, und sie trieben lärmend ihre Rosse zur Bank heran, worauf der Mönch ihnen ein rotes Kreuz an die Achsel heftete.

»Hanns von Dorneck!« schrie einer, und alle sahen sich nach dem Junker um, der unentschlossen sein Pferd zügelte. »Das ist ein glückhaftes Zusammentreffen. Reit her zu uns, und Gruß und Willkomm! Hast du auch den Weg getan, um das Kreuz zu nehmen?«

»Ja«, stieß der Junker durch die Zähne. Und schon glänzte blutrot von seiner Schulter das Zeichen des Kreuzfahrers, das ihm der Mönch angeheftet hatte. Mit den Rittern zog er zur Herberge, aber sein Mund war verschlossen und sein Lachen karg, so daß ihn die Kumpane kaum wiedererkannten. Und alle besahen staunend auf seiner Stahlhaube das Zweiglein, das frisch aufgeblüht und voll dunkler Rosen war. Und am dritten Tage darauf zogen sie zu Schiff nach dem heiligen Land, die Heiden mit ihren guten Schwertern zu bekreuzigen.

In der stillen Burg aber, mitten in den tiefen Buchenwäldern, erwuchs das Kindlein der dunkelhaarigen Frau zum Knaben, glich mehr und mehr in Nase und Mund dem Vater, in den Locken jedoch seiner allezeit traurigen Mutter, und wurde stark und geschmeidig. Tagelang streifte er durch die Wälder, fischte und stellte dem kleinen Wilde Fallen, und gegen Abend stieg er auf Umwegen oft zu den wilden Rosen hinab, seitdem dort einmal ein junges Weib mit ihm gespielt und gelacht hatte. Doch von diesen heimlichen Besuchen beim Kirchlein erzählte er seiner Mutter nichts, denn diese ließ ihn zwar frei herumlaufen, hatte ihm aber eingeschärft, mit keinem Menschen sich einzulassen, weder zum Spiel noch zur Rede, aus Angst, des Junkers Sippschaft könnte sich des Knäbleins bemächtigen wollen.

Eines Tages kam der Knabe erhitzt und unrastig in die Burg zurück, setzte sich auf den Schemel zu seiner Mutter Füßen, legte sein Haupt an ihre Kniee und fragte: »Mutter, sag, wo ist mein Vater?«

Da erschrak die dunkelhaarige Frau im tiefsten Herzen. Sie legte ihre Hand auf seinen Scheitel und sagte: »Draußen, Kind, irgendwo in der weiten Welt. – Das ist so Ritterart«, fügte sie hinzu, »nur die Bauern auf dem Land oder die Handwerker in den großen Städten bleiben zu Hause sitzen.«

»Ja«, staunte das Kind. »Aber kommt er nie wieder? Soll ich ihn denn nie sehen? Er ist sicher groß und stark und schön anzuschauen, Mutter?«

Die Frau nickte. »Wohl, Kind, werde wie er, einmal, aber reite nicht weg, gelt, eh deine Mutter tot ist.«

»Nein«, versicherte er. »Ich muß dich doch beschützen vor den bösen Leuten, die dir unsere Burg wegnehmen und dich auf die Landstraße weisen wollen. Aber, Mutter, wenn der Vater da wäre, wagten sie das nicht zu tun, denke ich. Warum kommt er denn nicht ab und zu einmal heim? Er kann ja wieder wegreiten. Nur daß sie Furcht bekämen und dich in Ruhe ließen.«

Die Frau schüttelte traurig den Kopf. »Er ist zu weit weg, der Vater. Und er weiß ja, daß du nun an seinem Platze und für ihn vor deiner Mutter stehst.«

»Aber doch, Mutter, einmal wird er wieder heimreiten, gelt? Auf seinem starken Roß, im blanken Harnisch, und vielleicht Blumen um den Helm gesteckt? Ja, Mutter?«

»Wills Gott«, nickte sie und stand hastig auf.

Das nächstemal aber, da der Knabe in den wilden Rosen drunten mit der jungen Frau spielte, sagte er ihr ernsthaft: »Weißt du, mein Vater wird doch einmal heimkehren, auf seinem starken Roß, im blitzblanken Harnisch, und Blumen um den Helm gesteckt. Die Mutter hat's gesagt.«

»So –?«, staunte die Frau und sah sinnend in die Weite. –

In seinem zehnten Jahr aber wurden des Knaben Jagdzüge durch die Wälder immer kühner, und manchen Abend sandte die Mutter einen Knecht nach ihm aus, besonders im Frühling und wenn die Vögel lockten. Auch zu den Rosen stieg er seltener hinab und saß lieber auf der steinigen Kuppe des Berges, unter den knarrenden, leise schwingenden Föhrenstämmen, und sah über die weiße Landstraße, die in langsam gemächlichem Bogen durchs Tal hinauf und über den blauen Hochpaß schimmerte: von dorther mußte einmal der Vater kommen, das starke Roß kostbar gezäumt, Schwert und Harnisch funkelnd in der Sonne. Sein Sohn und Erbe erwartete ihn.

Die dunkle Frau war schaffig, still und hart geworden, als wäre sie hier im Lande geboren und nie jenseits der Berge gewesen. Sie hielt Ordnung in Burg und Bann mit starkem, aber gerechtem Sinn. Der Junker sollte alles besser wiederfinden, als da er es verlassen. Und wer immer ihr mit Ansprüchen nahte, die Sippe, die den Besitz verlangte, Edelleute, die ihre Hand erbaten, wurde abgewiesen. Und nur, wenn sie zeitweilig im großen Turm zu schaffen hatte, blieb sie einen tiefen Atemzug lang an der schmalen Zinnenscharte stehen, von wo aus man übers Land weithin sah, über alle Baumkronen hinweg, und dann spähte sie den Weg auf und nieder, sah wohl Kaufleute nach der Stadt ziehen, einen Trupp Reisige oder einen geistlichen Herrn mit Wagen und Geleite, nicht aber den Ritter. Und so erwartete ihn auch sein Weib von Tag zu Tag.

In den wilden Rosen aber stand manchmal am Abend die blonde, junge Frau und lauschte in die Stille der Dämmerung hinaus, nach Hufschlag oder Geklirr der Rüstung. Und strich dann mit leichter Hand über die Zweiglein der Rosenbüsche, lächelte und sagte leise: »Er tut einen langen Ritt um des Kreuzes und meinetwillen.« Und auch sie wartete auf ihn, wie sie es ihm gelobt.

In diesem zehnten Jahre aber seit der Geburt des Knaben war die Sippe des Junkers entschlossen, das Besitztum an sich zu bringen, so oder so, mit Gewalt oder durch Güte. Konnte das fremde, dunkle Weib an heiligem Orte beweisen oder beschwören, daß sie des landesfernen Junkers Gemahl und der Knabe des Ritters Sproß sei, so sollte sie durch einen billigen Vergleich entschädigt werden und in ihr Land heimkehren, da der Junker nach zehn Jahren den Weg auf seine Burg wohl nicht mehr finden werde; hatte sie aber jahrelang willkürlich Schloß und Land besessen, sie, die der Junker eben zurückgelassen hatte wie seine Jagdrüden, Trinkschalen und Prunkwämser auch, so sollte sie endlich davon weichen und ihr Brot anderswo verdienen oder erbetteln.

Dies alles zu richten hatte die Sippe einen Tag festgesetzt, wo sie im Kirchlein zu den wilden Rosen zusammenkommen wollten und wo auch die fremde Frau erscheinen sollte, sich zu rechtfertigen oder ihr Urteil zu empfangen. Sie aber sah diesem Tage mit Kummer und Besorgnis entgegen.

Und er kam, stieg klar und warm über die Berge ins Tal, lagerte sich geruhsam einige Stunden auf der Halde vor dem Forst und schickte sich an, licht und milde noch lange in den Abend hinein zu verweilen, ohne Hast und plötzlichen Aufbruch.

In dieser frühen Abendstunde wartete der junge Hanns, das zehnjährige Kind, auf seine Mutter, um sie auf ihrem Gang nach dem Kirchlein in den wilden Rosen zu begleiten. Er wußte, daß

Männer aus der Stadt kommen würden, die ihm Burg und Vater nehmen wollten. Und die Mutter weinte.

Das Burgtor war verschlossen, aber die kleine Pforte daneben stand offen, das junge Grün der Buchen schimmerte in den grauen Hof herein.

Der Knabe starrte in den dunkeln Graben hinunter, auf dessen unbeweglichem Wasserspiegel breite, trockene Blätter schwammen.

Schritte knirschten auf dem steinigen Wege, der durch den Wald herauf führte. Der Knabe wandte den Kopf. Ein Mann stieg heran; bärtig war sein Antlitz unter der Kappe, wie sie die Bauern trugen, struppig um den Mund, sein Gang langsam, müde, am Rücken hing ihm ein zerfetzter Mantel. Der Stock in seiner Hand war abgegriffen und abgewetzt im Staub langer Straßen.

»Wohin willst du hier gehen, Mann?«, fragte der Knabe.

Der Wanderer sah ihn seltsam an und tat noch ein paar Schritte gegen die offene Pforte. Da stellte sich der Knabe mitten zwischen die Türbalken, breitbeinig, und warf den Kopf zurück.

»Hier kommt kein Fremder herein, das sollst du wissen, Mann«, sagte er zischend, und sein Kopf wurde rot bis zu den Haaren hinauf.

»So?«, erwiderte der Wanderer langsam. »Und wer bist denn du, daß du mir den Eingang wehrst?«

»Meine Mutter ist die Burgherrin von Dorneck, und ich bin ihr Bub, der Hanns.«

Der Wanderer tat groß die Augen auf und fragte noch: »Wie alt seid Ihr, Junker?«

»Zehn Jahre«, kam es ihm trotzig entgegen.

Da wandte sich der Fremde langsam ab und senkte den Kopf. Mitleidig sagte der Knabe:

»Geh du nun zum Kirchlein in den wilden Rosen hinunter, du kennst es sicher; meine Mutter tut jedem gern ein Gutes, besonders denen, die weiter kommen. Dort wirst du sie bald treffen; geh nur und warte auf uns.«

»Ja, Kind, bitte für mich bei ihr«, sprach der Wandersmann und ging wieder den Weg zurück, unter den Bäumen, der niederwärts ins Tal führte.

Der Knabe rannte in die Burg, seiner Mutter von dem fremden Bettelmanne zu berichten. Sie aber beeilte sich, ward hastig und erregt, voll Angst und voll Erwartung, und legte oft ihre Hand an die heiße, leis pochende Stirn.

Als der fremde Wanderer über die Grashalde nach dem Tälchen heruntergestiegen und durch die Rosenbüsche geschritten war, erschimmerte vor ihm, still in der Abendsonne, das Kirchlein, auf der Treppe aber saß die Jungfrau. Sie hob bei den raschelnden Schritten den Kopf, legte die Hand über die Augen und stand dann auf.

Er wollte lächeln, trat aber nicht näher, so daß ein Rosenstrauch zwischen ihr und seiner Dürftigkeit stand, und grüßte sie: »Ich dachte kaum, Euch wiederzusehen!«

Sie näherte sich ihm: »Sagte ich nicht, ich wollte Euch erwarten? Und wenn es gleich noch länger gedauert hätte, bliebe mein Wort doch bestehen.«

Da wagte es der Wanderer, seine Augen zu ihr zu erheben, und er sprach erschrocken: »Ihr seid wie ich Euch verließ, so jung und schön.« Und gleich wieder sank sein Haupt, und sein Blick fiel auf die schäbigen Hüllen, die um seinen siechen Körper hingen.

»Nun wohl, und was Ihr mir versprochen, bringt Ihr mir?«, fragte die Jungfrau. »Ein Wort gilt wohl das andere.«

Da warf der Wanderer mit einem Ruck seiner linken Schulter den zerfetzten, von tausend Winden zerschlissenen, von tausend Sonnen gebleichten Mantel auf seinen rechten Arm herunter und bot ihn langsam, zaudernd der Jungfrau dar. Fahl glomm das Kreuz aus den Falten heraus.

Sie aber nahm ihn mit ihren weißen Händen an sich. »Dank, Herr! Das Silberkreuz ist wohl nur einmal vorhanden in dieser Welt und soll also auch nur an einer einzigen Frau Nacken hängen. Aber dieses hier ist mir lieber.«

Nun stieg aus seiner zerschundenen Hand, wie aus ungepflegtem Erdreich, auch noch ein kleines Zweiglein auf, über und über mit Rosen bedeckt. »Es war mir Licht und Luft, Heimat in der Fremde«, sagte der Wanderer. »Nehmt es wieder an Euch, von der es kam.«

Sie schüttelte den Kopf. »Was mir gehört, hab ich genommen, Herr, und bin Euch schuldig.«

Da lachte er, lauter als vorher und froh, und sagte: »Ein alter Fetzen Gewand, aus dem alle Schönheit und jeder Stolz verweht und verluftet ist, was wollt Ihr mit dem beginnen? Macht Euch nicht noch lustig über mich!«

Von ferne ertönten Stimmen und Hufgetrampel, die Jungfrau verschwand, und hinter ihr flatterte ein Zipfel des dunkeln Mantels. Der Wanderer aber stellte sich bescheiden innen im Kirchlein auf, im Schatten neben der Türe.

Mönche traten ein, die Sippe derer von Dorneck hielt sich zusammen und redete laut, und als die Burgherrin, die dunkle Frau, mit ihrem Knaben an der Hand, über die Türschwelle schritt, grüßte sie Stillschweigen. Sie ließ sich vor dem Bilde unserer lieben Frau nieder, und der Knabe kniete neben ihr. Plötzlich zupfte er sie am Aermel und flüsterte: »Mutter, dort steht der fremde Bettelmann.«

Mitten aus dem Gebet zwang es ihr die Augen nach dem Wanderer, der still an der Türe stand, und langsam richtete sie sich empor, wuchs und hob die Hände nach ihm und sprach: »Bist du es, bist du es?«

Da trat er ins helle Licht unter das Bild der Gottesmutter, auf daß sie ihn alle erblickten in seiner Armut, und sagte: »Ja, ich bin es, der vor zehn Jahren ausgezogen ist und heute wieder in sein Haus zurückkehrt zu Weib und – Kind.«

Unwillig murrten seine Verwandten, lachten sogar und fanden bittere Worte. Und auch die dunkle Frau blickte hart auf die Verkommenheit seines Aussehens und ließ enttäuscht die Arme sinken. Der Knabe aber rief laut: »Er hat wohl Roß und Rüstung verborgen, irgendwo im Walde, und wollte sehen, ob du ihn wiedererkenntest, Mutter!« Und jubelnd lief er auf den Wanderer zu, warf seine Kinderarme um ihn, nahm ihm das Zweiglein aus der Hand und schwang die roten Rosen wie ein Schwert im Lichte vor ihm hin und her.

»Nein«, sagte der Mann, »so wie ich hier stehe und um keinen Hufnagel reicher ist nun der Junker von Dorneck. Mein gutes Roß liegt im Sand der Wüste, getroffen von einem Pfeil, meine Rüstung, zerschlagen und verbeult, hat der heidnische Sieger genommen. Hart war die Haft, weit der Weg; ich bin müde und möchte ruhen, zu Hause ruhen.«

Da trat die dunkle Frau hervor und sagte einfach: »Komm, alles ist dir bereitet.« Und auch sie stellte sich ihm an die Seite.

»Glaubt ihm doch nicht, Vettern«, schrie einer aus der Sippe. »So kommt jeder Landstreicher zu einem warmen Ofensitz am Abend!« Und alle lachten.

»Wie, du?«, brach es nun aus dem wegmüden Mann hervor und grollte. »Du willst mir nicht glauben? Weise Narben, wie sie auf meiner Stirne stehen!«

Alle starrten auf die Schrammen, die blutrot auf seiner Stirne gezeichnet waren, gleich einem Kreuz, wie es nachlässig und hastig der Pfaffe schlägt am Ende des Gottesdienstes vor dem Mittagsmahl oder wie es eben ein Heidensäbel versteht.

Aber der Spötter gellte: »Raufhändel in wälschen Weinbuden und Dirnenschenken lassen dieselben Andenken!«

Da richtete sich der Mann hoch auf und spähte in alle Ecken des Kirchleins, über die Häupter der Mönche und Verwandten hinweg, und rief laut: »Jungfrau, in deren Hände ich meinen Mantel, den zerfetzten, mit dem heiligen Kreuz geschmückten, gelegt habe, tritt als Zeugin für mich auf!«

Alle warteten, sahen sich um, schwiegen. Und wieder rief der Mann laut: »Um dich habe ichs getan und meine Ruhe und Manneskraft hingegeben, – zahl deine Schuld und hilf mir!«

Da rauschte es leise über seinem Haupt, und aus dem Dunkel, in dem das Bildnis der Gottesmutter schon stand, glitt der alte Mantel auf die Schultern des Ritters herab, und warm wie ein Blutzeichen leuchtete im letzten Abendstrahl das rote Kreuz auf seiner gebeug-

ten, müden Gestalt. Jauchzend schwang sein Knabe den Rosenzweig.

Das Lied des Bruders Peregrinus

An einem kalten Herbstabend waren die Mönche im großen Saal beisammen; sie schritten hin und her, rieben sich die Hände und hauchten darein, und vor dem breiten Kamin kniete einer und schichtete Reisig und Klötze zu einem Feuer.

Kalter Nebel hing über den Wäldern, und die Dämmerung wanderte früh durchs Tälchen nach der Stadt hinunter. Im Westen glomm der letzte Tagesschein und verhieß eine frostige Nacht.

Ein Mann schlug mit dem Stock ans hölzerne Tor und bat mit müder Stimme um Einlaß. Der Pförtner öffnete und geleitete den Fremdling ins Gebäude, wo die Brüder im Kreis um das aufblaffende Feuer standen und die starren Finger gegen die noch schwache Glut ausstreckten. Als der fremde Mann ins Gemach trat, wandten sie sich nach ihm um und betrachteten ihn schweigend, nachdem sie ihm den Gruß geboten hatten.

Nach einer Weile fragte der Prior: »Wonach steht Euer Begehr, Fremdling? Seid Ihr müde und hungrig, so rastet hier. Die Nächte treiben Mensch und Tier unters Dach. Legt Euern Wanderstab von Euch und ruhet aus.«

Der Fremdling dankte und trat unter die Brüder, die ihm beim Feuer Raum gaben.

»Ihr kommt von fernher?«, fragte ihn einer.

»Viele Wochen wandere ich schon, von Stadt zu Stadt; als noch die Bäume in der ersten Blüte standen, machte ich mich vom Meere auf. Heute bin ich am Ziel.«

Die Mönche blieben stumm und betrachteten ihn verstohlen. Er saß im flackernden Schein des Feuers, hielt die Hände auf den Knien und sah in die Flammen, die knisternd in die dunkle Wölbung des Kamins emporleckten.

Alle schwiegen lange, bis das Nachtmahl aufgetragen wurde und sie sich an die langen Tische setzten. Der Fremdling nahm zuunterst Platz, er betete noch leise für sich, als die Brüder schon zugriffen und ihre Nasen über die dampfenden Schüsseln hielten.

Als nach der Mahlzeit ein geistliches Lied angestimmt wurde, sang er mit, und alle Mönche lauschten erstaunt seinem starken, wohlklingenden Gesang, der aus ihrem dumpfen Getöne emporstieg wie die schneeigen Joche und Zacken aus den schattignebligen Tälern.

Darauf verließen die Brüder das Gemach, und der Prior blieb allein mit dem Fremdling zurück. Die beiden Männer saßen in hohen Stühlen; von der roten Glut ging ein schwacher Schimmer auf die dunkelbraunen Wände über, und die gewölbte Decke wurde manchmal von einem sprühenden Funken erhellt. Leise schwankend standen die Schatten der beiden Männer an der Wand, und die Fenster blitzten dunkel und feucht. Langsam fiel die Glut in sich zusammen, der helle Schein auf dem Fußboden wurde kleiner, und die Schatten zerflossen zitternd in die Dunkelheit des geräumigen Saales. Die Männer saßen und sannen schweigend.

Mit leiser Stimme sprach endlich der Prior: »Eure Hände sind stark, aber unedle Arbeit taten sie nicht.«

Der Fremde hob den Kopf und sah aus stolzen Augen zum Mönch hinüber, dann erwiderte er: »Ich habe das Schwert lange geführt«, und senkte die Stirne wieder. Leise und hastig fuhr er fort: »Ich büße schwere Schuld. Vom Bildnis der lieben Frau, die in den wilden Rosen wohnt, vernahm ich seltsame Wunder. Vor sie will ich meine Lasten tragen, ob sie mir helfe und mir vergebe. Denn wahrlich, Gott weiß es, – aus Liebe nur tat ich Sünde.«

Der Prior ergriff einen Haken, der neben dem Kamine lag, schürte die Glut, so daß der helle Schein auf beider Männer Antlitz fiel, und sagte leise: »Gleich diesem Feuer ist all unsere Begier, unrein und flackernd, Asche begräbt die letzte Glut, die sich selber verzehrt, und am Morgen ist nichts übrig geblieben als eine Handvoll Staub, die der Wind verweht.«

Der Fremde zog seine Augenbrauen hoch und lächelte: »Doch was mir berichtet wurde von den Wundern, die unsere liebe Frau hier getan hat, klang anders als eure weisen Worte, Herr, sonst hätte ich wohl meine Sünde nicht hieher tragen mögen.«

Da stand der Prior von seinem Sessel auf und sprach: »Euer Antlitz redet ernster denn eure Worte, Herr. Doch laßt uns eher schweigen, denn meine Vermutungen tappen durch dunkle Gänge und ihr wollt sie nicht führen.«

Ohne sich zu bewegen, antwortete der Fremde: »Ich liebe meines Bruders Weib seit jener Stunde, da ich sie zuerst gesehen, und viele Jahre sind seitdem verflossen, aber keine Asche hat mir diese Glut verdeckt, und dieses Feuer hat kein Wind verwehen können.«

Der Prior sah aus großen, starren Augen auf den Fremden, der sich langsam erhob. Hoch und schwankend standen die beiden Schatten an der Wand, der des Fremden überragte um Haupteslänge den andern. Der Prior sprach dumpf: »Euer Schlaf sei gesegnet, Herr.«

Der Fremde dankte und schritt aus dem Zimmer in den kalten Flur hinaus, dann geleitete ihn ein alter Bruder in seine Kammer und schloß hinter ihm die Türe. Die Schritte verhallten im Gang und alles war still, nur der Herbstwind pochte leise an die Fenster. Der Nebel leuchtete fahl herein, und die Bäume im Klostergarten standen mit schwerem, hängendem Gezweige.

In der Frühe des folgenden Tages, als die Wälder an den Berghängen noch wie hinter blassen Schleiern verborgen waren, geleitete der Prior den Fremden auf dem Wiesenpfade nach dem Kirchlein in den wilden Rosen. Sie sprachen auf ihrem Gange wenig Worte und schritten einer hinter dem andern durch das feuchte Gras.

Als der Prior die Türe des Kirchleins geöffnet hatte und beide eingetreten waren, wies er auf das Bildnis der lieben Frau und Gottesmutter und sprach: »Hier bekennet Eure Schuld und sehet zu, ob Euch geholfen werden kann!« Der Fremde trat näher und kniete vor dem Bilde nieder, während sich der Prior leise entfernte und wieder nach dem Kloster zurückschritt. Langsam flutete der Schein des nebligen Herbsttages durch die Fenster ins Kirchlein und fiel auf das Standbild, die schlanken Holzsäulen und die mattglänzende Orgel.

Der Fremde kniete lange auf den steinernen Fliesen, das Haupt tief zur Erde geneigt. Als er sich erhob, sahen seine Augen wie in weite Fernen hinaus und sein Blick kehrte langsam nach dem Bildnis zurück. Er betrachtete es und wandte sich dann seufzend ab.

Nachdem er die Kirche verlassen hatte, schlug er den Pfad nach dem Walde ein und verschwand bald im Nebel.

Um die Mittagsstunde kehrte er nach dem Kloster zurück und begehrte den Prior zu sprechen. Dieser nahm ihn bei der Hand, führte ihn unter die Säulenlaube und schritt mit ihm auf und nieder. »Habt Ihr Eure Schuld von Euch geworfen«, fragte er, »oder gedenket Ihr länger bei uns zu bleiben?«

Der Fremde schüttelte sein Haupt und sprach: »Wenn Ihr und die frommen Brüder mir Obdach geben wollet, so möchte ich wohl gerne hier verweilen, aber schwerlich heilet mich das wundertätige Bildnis von meiner Liebe, denn wisset, jene Frau, nach der meine Sehnsucht steht, ist meinen Augen lieblicher als dieses leblose Bildnis, wie ein Sommertag am Meere lieblicher ist als diese nebelkalte Mittagsstunde.«

Der Prior entsetzte sich ob diesen Worten und redete dem Fremden zu, seine sündhaften Gedanken auszutreiben, aber dieser fuhr ruhig fort:

»Vielleicht geschieht auch an mir ein Wunder; derweilen will ich als der geringste der Brüder leben und euch zum Gesang die Orgel spielen, denn diese Kunst ist mir bekannt und selber hab ich schon manches Lied gesetzt.«

Also kleidete sich der Fremde in eine dunkle Kutte, gürtete sich mit einem Strick und zog an seine Füße ein paar Sandalen, und der Prior nannte ihn Bruder Peregrinus, weil er aus der Fremde hergewandert war und seinen Namen und Stand verschwieg. Und er lebte in strenger Einsamkeit, mied die andern Brüder und wanderte oft in den Wäldern und auf den Bergen umher.

Aber die Tage wurden kälter, die Schatten deckten das Tälchen, und nur in das Kirchlein sprühte manchmal noch ein blasser Sonnenregen, der zitternd durch den Nebel sickerte und die buntfarbigen Fensterscheiben leise glühen ließ.

Bruder Peregrinus brachte oft ganze Tage im Kirchlein zu, über die wenigen Tasten der Orgel gebeugt; ein blinder Knabe zog ihm das Seil des Blasebalgs, und wenn ihn der Bruder fragte: »Wirst du nicht müde?«, so schüttelte er den Kopf und sagte: »Spielt weiter! Ich vermeine wahrhaftig zu sehen, wenn ich Eurer Weise zuhören darf.« Fragte ihn dann der Bruder: »Was siehest du denn?«, so antwortete er sinnend: »Ich sehe eine Stadt, eine Stadt am Meere gebaut, und diese Stadt liegt still und leer, nur eine Seele wohnt darin, die sieht auf das Meer hinaus, – aber verzeiht, ehrwürdiger Bruder, wenn ich es nicht besser sagen kann.« Dann setzte sich der Fremde wieder auf das Bänklein, griff mit den Fingern in die Tasten, und der blinde Knabe zog das Seil und lauschte den Tönen, die das Kirchlein erfüllten und draußen im Nebel verhallten.

Der Prior und die Mönche taten manches Gebet zur lieben Frau in den Rosen, sie möchte den Bruder Peregrinus von der sündhaften Liebe erlösen, die ihm den Sinn gefangen hielt, also daß er wie in schwerer Knechtschaft stöhnen mußte und seines Lebens nicht froh wurde, daß vielmehr sein Leib von Tag zu Tag kränker, sein Antlitz blaß und sein Auge wie von flackerndem Feuer erfüllt war, – aber all ihr Beten blieb unerhört, die Sehnsucht hielt ihn in schweren Ketten, seine Liebe konnte nicht sterben.

Der Spätherbst ging klar und warm übers Land, wie ein Wanderer mit lachenden Augen; in der Sonne glühten die roten und gelben Wälder und standen wie eine Schar von Bannerträgern über den schattigen Wiesen des Tälchens. Da wanderte der Fremde weit umher, und an den Abenden, wenn die Sonne in den Fenstern des Kirchleins funkelte, saß er auf dem hölzernen Bänklein vor der kleinen, mattschimmernden Orgel, und die Mönche, die im Klostergarten umherwandelten, hoben die Köpfe, sahen einander an und sagten nachdenklich: »Unsereines betet den ganzen Tag, aber Bruder Peregrinus tut andere Buße; ihn soll wohl sein Orgelspiel von der Sünde erlösen.«

An einem solchen Herbsttage, da die Schatten schon lang waren und die Sonne schräg auf den moosigen Waldboden und die bunten Wipfel leuchtete, schritt der Fremde auf der Höhe des Berges dahin und sah weit über die große Stadt Basel und den Rheinstrom ins flache Land hinaus. Der Strom funkelte und die Münstertürme standen klar in der Luft und auf den Mauern blitzte es ab und zu wie von Speeren. Des Fremden Gedanken aber zogen mit dem schimmernden Strom in die Ferne, an den lichten Gehölzen, den sonnigen Rebbergen vorüber, unter den braunen Brücken und hohen Häusern der trotzigen Städte hindurch, ins flache, weite Land hinaus, wo hinter den großen, dunkeln Wäldern das Meer rauschte. Und seine Augen sahen ein Bild, das war tief in seinem Herzen gemalt mit zitternden, blassen Farben, wie auf einem reglosen Waldsee des Himmels Wolken, die segelnden, ziehenden Schiffe, gemalt sind. Er sah eine Frau, die saß unter einem breitästigen Baum und neigte ihr Haupt lächelnd über ein Kind und flüsterte leise Worte zu ihm; die Halme der weiten Wiese wogten hin und her und der Wind strich leise durch sie wie zarte Finger über silberne Saiten, ferne gleich einer dunkeln Mauer ragte der Tannenwald mit braunroten Stämmen und flatternden Zweigen; und das Sonnenlicht tropfte schwer durch die Wipfel des Baumes und fiel auf Nacken und Schultern der Frau, und das Kind griff mit beiden Händen nach dem goldenen Geschmeide in ihren blonden Haaren und jauchzte leise, wenn seine Finger mit dem zitternden Lichtstreifen spielten.

So lange sah der Fremde auf dieses flimmernde Bild, bis ihm die Augen schmerzten und er sie mit der Hand bedecken mußte. Aber seine Seele begann zu singen und redete in allem Weinen und Schluchzen klingende Worte und reihte sie zu einem Liede. Und als es Nacht war, stieg er ins Tal und trat heiteren Angesichtes unter die Brüder.

Am selben Abend beteten die Mönche besonders inbrünstig um die Erlösung ihres sündigen Bruders Peregrinus, dieser beschrieb aber in seiner Zelle mit hohen, verzierten Buchstaben ein breites Pergamentblatt und setzte zu jedem Wort einen Ton und seltsame Zeichen und stand oftmals von seinem Werke auf und ging im Gemach umher, unstet und mit leuchtenden Augen.

Am andern Morgen schritt er mit dem blinden Knaben nach dem Kirchlein in den wilden Rosen, setzte sich auf das geschnitzte Bänklein, stellte das beschriebene Blatt vor die Orgelpfeifen und begann zu spielen. Und der kleine Raum war von den Tönen erfüllt wie von dem Duft einer blühenden Wiese und eines Lindenbaums, in dem die Bienen summen. Der blinde Knabe sagte leise: »So spieltet Ihr noch nie, ehrwürdiger Bruder. Das Lied muß wohl gar heilig sein.« Der Fremde lächelte und erwiderte: »Du hast es gesagt, und frömmer kann ich nicht beten.« Da fragte der Knabe: »Wollt Ihr mich nicht das Lied auch lehren, damit ich mich bei seinen Worten der süßen Weise erinnern mag?« Der Bruder schwieg eine Weile, dann sprach er: »Lausche, ob du es im Sinne bewahrest. – Maria, sie wieget in weichem Arm ihr Kind. Es flüstert ihr leise der weitgereiste Wind, es singen die Vögelein alle, die Blumen in der Au: Maria, du schönste, Maria, du holdeste Frau.«

Der Knabe hatte den Kopf gesenkt und hörte aufmerksam zu. Dann sagte er: »Ich habe noch nie eine holde Frau gesehen, aber ich vernehme es wohl, wie die Blumen von ihrer Schönheit singen und wie die Vögel ihr zum Preise jubilieren. Und es muß sicherlich die heilige Gottesmutter sein, die ihr Kindlein in den Händen hält und der Euer Lied lobsinget. Das wird ihr aber gar wohl gefallen, und sie wird Euch dafür froh und glücklich machen.«

Da legte der Mönch sein Haupt auf den Arm und schluchzte leise. Er spielte keinen Ton mehr, schickte den Knaben von sich und kehrte später allein nach dem Kloster zurück.

In der folgenden Nacht fiel der erste Schnee, der Himmel blieb grau und der Tag war dunkel. Um die Abendstunde schritt der Fremde nach dem Kirchlein, um das vergessene Pergamentblatt zu holen. Die Dämmerung stand schon vor dem Walde, kein Aestlein in den Rosenbüschen regte sich und keine Fußspur war in dem Schnee zu sehen. Als der Mönch mit der Hand den Schnee vom Türschloß des Kirchleins herunterfegte und öffnen wollte, klang das Glöcklein über dem Dache leise an und ein zitternder Ton schwebte durch den dämmerigen, stillen Winterabend. Der Mönch erschrak, denn es war kein Wind wach, und er legte sein Ohr an die Kirchentüre und lauschte. Da hörte er deutlich ein helles Lachen, und eine Stimme sprach in verweisendem Ton: »Nicht das Glockenseil, sondern den Blasebalg sollst du doch ziehen!«, und ein Schritt eilte über den steinernen Boden dahin und ein Gewand rauschte leise. Dem Mönche wuchs der Unmut, und als nun gar ein Orgelton laut ward, knackte er den Riegel aus dem Schloß, öffnete die Türe weit und trat auf die Schwelle. Seine Augen vermochten zwar in dem dunkeln Raume nicht viel mehr als die schimmernden Orgelpfeifen zu unterscheiden, aber er hörte ein hastiges Rauschen von Gewändern und ein Trippeln von Füßen, dann war es still und nur die Luft wich seufzend aus dem Blasebalg.

Der Mönch trat ein, schritt durch das Kirchlein und sah nun zwei Mägde, die vor dem Bildnis der lieben Frau und Gottesmutter knieten und Herbstzeitlosen ihr zu Füßen legten. Als sie den Bruder Peregrinus hörten, erhoben sie sich und grüßten ihn voll Ehrfurcht. Er fragte mit harter Stimme: »Was treibt ihr hier?« Sie aber erwiderten: »Wir kommen von der andern Seite des Berges und bringen die letzten Blumen her, um sie vor das Bild zu legen.« Der Mönch sprach: »Nun machet euch aber auf nach Hause, ehe euch die Nacht überrascht, denn der Schnee bedeckt Weg und Steg und der Himmel ist finster.« Da schritten die beiden Mägdlein Hand in Hand zur Türe, schlüpften dort mit ihren schlanken Füßen in zierliche Holzschuhe und stapften durch den Schnee davon.

Der Mönch trat nun zur Orgel, suchte auf dem hölzernen Bänklein und zwischen den Pfeifen nach seinem Pergamentblatt, auf dem das Lied geschrieben war, fand es aber nicht und kehrte verwundert zur Türe zurück. Er spähte nach den Mägden, konnte sie aber nirgends mehr erblicken, und der Schnee vor der Schwelle und um das Kirchlein herum lag so frisch und so locker wie vorher und nur seine eigenen, breiten Fußspuren waren darin zu sehen.

Dies alles und seine sündhafte Liebe bewegten ihn so heftig, daß er an Leib und Gemüt erkrankte und die Brüder ihn pflegen mußten. Auch plagte ihn ein heißes Fieber, das auf dem abendlichen Gang durch den Schnee über ihn gekommen war, und seine Sinne wurden matt zum Tode. Also lag er während langen Wochen, und an den sonnigen Halden schmolz schon der Schnee vor der Frühlingssonne hinweg, – da wich eines Tages die Müdigkeit von ihm, und er begehrte den blinden Knaben zu sprechen.

Die Mönche taten nach seinem Willen, riefen den Knaben her und schickten ihn zum Bruder Peregrinus. Dieser ergriff ihn bei den Händen und der Knabe sprach: »Seid Ihr noch immer krank? Wenn Ihr doch einmal wieder möchtet auf der Orgel spielen, denn ich meine wahrlich, Ihr müßtet auf der Stelle gesund werden, sobald Ihr das schöne Lied wieder hört.«

Da fragte ihn der Bruder mit schwacher, bebender Stimme: »Kennst du es noch, das Lied? So sag es mir.«

Und der Knabe hob an und sagte das Lied, wie es ihn der Bruder einst gelehrt hatte. Dieser aber lauschte und sah im Geiste wieder die Frau unter dem breitästigen Baum in der flimmernden Wiese.

Dann flüsterte er: »Willst du mit mir ins Kirchlein gehen, da doch die Sonne so warm scheint und die Wege vom Schnee schon frei sind?«

Der Knabe lächelte und nickte, der Bruder aber legte den Arm um seinen Nacken und lehnte sich auf ihn, denn sein Körper war noch schwach vom Fieber, und also gingen sie aus dem Kloster, ohne daß sie jemand sah, und auf dem Weglein dahin, langsam Schritt um Schritt, und der Bruder labte seine Augen an den dunkelbraunen Aeckern, in deren Furchen noch Schnee lag, und an den sonnigen Halden vor den feuchten, tiefen Wäldern. Die wilden Rosenbüsche vor dem Kirchlein hatten schon zarte Blattknospen, und der Bruder führte des Knaben zitternde Hände behutsam über die Schwellungen an den Zweigen und fragte: »Spürst du den Frühling?« Der Knabe lächelte und sagte kein Wort.

Als sie miteinander zur Türe traten, hob der Knabe den Kopf und blieb stehen. »Hört Ihr nichts?«, fragte er. »Mir ist, als erklinge die Orgel.«

Leise öffnete der Mönch, und beide schritten auf den Fußspitzen ins Kirchlein. Helle Sonnenstreifen lagen auf dem Boden, und in den Fenstern brannten die farbigen Scheiben, und die Säulen stiegen schlank zur weißen Wölbung empor. Vor der Orgel aber, die matt aus der dunkeln Nische schimmerte, saß eine Frau; ihre weißen, schmalen Hände lagen auf den Tasten, ihr Kopf war leicht zurückgelehnt, und braungoldenes Haar ringelte sich über dem Nacken; an die Orgelpfeifen war das Pergamentblatt gelehnt, und die Frau sang mit zarter, lieblicher Stimme das Lied, und zwei Mägdlein standen dabei und zogen lachend am Seil des Blasebalgs, im Takte des Gesangs die Hände hebend und senkend.

Es war aber ein Sonnengoldfaden durch das Kirchlein gewoben, der zitterte vom Fenster her und streifte das blaue Gewand der singenden Frau und lag warm auf ihrem Nacken, huschte durch die braunen Haare und schlang sich um alle Orgelpfeifen wie ein blitzendes, gewirktes Band.

Und der Mönch verwunderte sich im tiefsten Herzen, wie vielstimmig und zart die Orgel tönte, so daß die Säulen zu zittern schienen, und wie jauchzend und stolz sich das Lied aus der Tiefe erhob und schwebte, mit dem Sonnengoldfaden und den Farbenspielen der Fenster um die Wette wie in einem leichtfüßigen, kunstvoll verschlungenen Reigen.

Der Knabe flüsterte: »Ich schaue alles, ich schaue die Orgel und die wunderschöne Frau davor, die so freudig Euer Lied singt, und die bunten Farben und die Pfeifen, – wie sie schimmernd nebeneinanderstehen im braunen Holzrahmen!« Der Mönch aber kniete nieder, und noch einmal durchlohte ihn seine sehnsüchtige Liebe nach der fernen Frau, die er zuletzt unter dem breitästigen Baume in der flimmernden Wiese gesehen hatte, ehe er von ihr wandern mußte, und er rief laut mit den Worten des Liedes in die brausenden Orgeltöne hinein: »Maria, du schöne, du holdeste Frau!« Dann verstummte sein wildes Herz und gab ihm endlich Ruhe.

Als der Gesang verhallte, eilte der Knabe ins Kloster zurück und erzählte, was er geschaut hatte. Die Mönche machten sich auf, traten in das Kirchlein und fanden den toten Bruder Peregrinus; die Orgel stand schimmernd und verschwiegen wie immer, das Bild der heiligen Gottesmutter leuchtete im bunten Licht, kein Mensch war zu sehen, aber das Pergamentblatt lag zusammengerollt und von einem Goldfaden umschlungen auf dem hölzernen Bänklein.

Der Prior nahm es zu sich und sprach: »Wir wollen dieses Lied einüben und an den hohen Festtagen singen, denn es muß eine gar fromme Weise sein, daß unserm Bruder Peregrinus darob solche Gnade geschehen ist.« Und also taten sie.

Der fahrende Schüler

Nach langen Jahren der Wanderschaft kreuz und quer durch die wälschen Lande und weit den Rhein hinunter kehrte Basilius Rutenzwyg in seine Heimat zurück und ließ sich allda in seines Vaters Haus als Goldschmied nieder. Bei den berühmtesten Meistern seiner Kunst war er in die Lehre gegangen und hatte jedem seine besondere Fertigkeit abgelauert, also daß er sie bald übertraf an Geschick und seine zierlichen Werklein guten Absatz fanden bei denen, die sie bezahlen konnten.

Nachdem er sich ein Jahr lang in Basel umgesehen hatte, gedachte er, einen Hausstand zu gründen. Er bastelte während einigen Wochen an einem schmucken, schmalen Goldringlein und trug es eines Abends hinüber zu seinem Nachbar, dem Waffenschmied Peter Streckysen, wo er oft die Feierstunden zubrachte. Als des Waffenschmieds Tochter Margarete den beiden Männern einen Krug Wein auf den Tisch stellte, zog Basilius seinen Goldreif hervor, ließ ihn im Abendlichte funkeln, indem er ihn gegen das Fenster hielt, und fragte die Jungfrau, was sie meine und ob sie seine Frau werden möchte. Sie sah ihn erstaunt an und sagte weder ja noch nein. Da begann der Goldschmied ausführlich zu erzählen, wie er wochenlang an dem Ringlein mit Hämmerchen und Feilchen und anderen zarten Werkzeugen gearbeitet und dabei immer an sie gedacht habe und wie sie gewiß beide – das Ringlein und die Jungfrau, ja übrigens die Jungfrau und er selber auch – recht gut zueinander passen würden.

Da stieg der Jungfrau aber das warme Blut bis in die Schläfen und unter die dunkeln Kraushaare und sie warf den Kopf noch ein wenig mehr in den steifen Nacken zurück, denn sie war sehr schön und stolz zugleich, und der Goldschmied hatte wohl kunstfertige Finger, aber eine verwachsene Gestalt und einen schiefen Mund unter der langen Nase.

Der arme Goldschmied las wenig Gutes aus ihren Blicken, die an seinem krummen Buckel auf und nieder glitten und ihm das Herz fast verbrannten mit ihrem höhnischen Feuer. Er schob das Ringlein in seine Tasche zurück und sagte, etwas zu laut, als daß es gleichgültig geklungen hätte: »Dann also nicht. – Das Ringlein, glaubt mir, werde ich schon los. Das steck ich einmal an einen Finger, der sich vor dem Euren nicht zu schämen braucht und noch viel weißer und feiner ist.«

Die Jungfrau drehte ihm den Rücken zu und verließ das Zimmer, erstaunt darüber, wie sie ohne ein einziges Wort zu sprechen einen ehrbaren Freier abgewiesen und ein funkelndes Ringlein verscherzt hatte, der Vater Waffenschmied lachte aber kräftig hinter ihr her und tröstete Basilius: »Seht, lieber Nachbar, das ist nun so: wer immer starke Arme mit wuchtigen Eisenhämmern hiebfeste Zweihänder schmieden sah, der weiß Eure zierliche, zarte Kunst nicht zu würdigen. Meister Goldschmied und Meister Waffenschmied, – wohl, das geht an, aber Hellebarde und Silberkettlein, – Ihr und mein Kind, das gäbe einen kurzen und faulen Frieden vor einem langen und bösen Krieg.«

Basilius Rutenzwyg schluckte den süßen Wein und den Trostspruch des Waffenschmieds mit einem so trübseligen Gesicht hinunter, als tränke er sauren Essig, und das Ringlein in der Tasche lag wie ein Feldstein auf seinem Herzen und brannte ihn, als hätte es seine Schmiedeglut nicht schon lange im Wasser ausgezischt.

Noch zweimal versuchte später der Goldschmied, es an einen passenden Finger zu stecken, aber es gelang ihm nirgends. Als ein Jahr darauf des Waffenschmieds Tochter einem kräftigen Gesellen ihres Vaters angetraut wurde, ärgerte sich der Goldschmied jedesmal so sehr, wenn er das Ringlein irgendwo blitzen sah, daß er bei sich selber beschloß, es wegzuschaffen. Erst wollte er es in den Rhein werfen, da ihn dies aber doch gereut hätte, trug er es ins Kirchlein hinauf, wo die wundertätige Gottesmutter wohnte, und steckte es kurz entschlossen an ihren schlanken Finger. Er betete dabei um ein Wunder, das an ihm selber geschehen sollte, und wartete noch ein paar Jahre darauf; als aber weder sein Buckel verschwinden noch eine Jungfrau mit genug nachsichtiger Gegenliebe sich finden lassen wollte, zieh er im Geheimen die liebe Gottesmutter in den wilden Rosen des schnöden Undanks und vergrub sich in seiner Werkstatt, aus der gar kunstreiche und kostbare Schöpfungen hervorgingen, allerdings keine einzige mehr so zart und so fein wie das verschmähte Ringlein, das alle Liebe aus dem armen Herzen des buckligen Goldschmieds fortgetragen und nur seine kalte, geldgierige Handwerkskunst zurückgelassen zu haben schien. Frau Margarete aber, des Waffenschmieds Tochter, ließ ihm durch ihren jungen Mann gelegentlich sagen, sie freue sich mit ihm darüber, daß sich seine Verheißung erfüllt habe: ein tausendmal zarterer Finger als der ihre trage jetzt das Ringlein und er, der Goldschmied, werde darüber wohl gar glücklich geworden sein und ihre harte und schaffige Hand schon lange vergessen haben.

Auf solche Weise war das Bildnis im Kirchlein zu diesem Schmuck gekommen. Die Augen der Gottesmutter lächelten zufrieden auf das Ringlein herunter und ihre Finger schienen es manchmal sinnend zu drehen, um die Sonnenstrahlen in den eingeritzten Zeichen und Zieraten spielen zu lassen, was dann wie ein springbrunnenstäubendes Feuerwerk durch das Kirchlein sprühte.

Da geschah es, als wieder eine heiße Sommermittagssonne in den Rosen glühte, daß ein fahrender Schüler langsam den Berg herunterstieg, im Schatten des Waldes und nachher auf dem schmalen Pfad mitten durch die zitternden, duftenden Gräser und Kräuter. Er war auf dem Wege vom Wälschland her und gedachte, den Rhein hinunter zu wandern. Von der Höhe aus erblickte er den Fluß und die Dächer und Türme der Stadt, die er in der Abendkühle erst betreten wollte. Er spähte nach einem schattigen Flecklein aus und lauschte nach einem Brunnen, denn er war müde und matt. Er gewahrte die Sträucher und das Kirchlein und lenkte seine Schritte dahin. Vor der Türe, die offen stand, legte er sein Bündel nieder, in dem außer der nötigsten Habe noch eine braune Geige und ein Fidelbogen stak. Dann trat er auf die Schwelle und sah sich im Kirchlein um. Wie ein erfrischendes Bad umfloß die kühle Luft seine müden Glieder, und als er neben der Türe niederkniete, sank sein Körper während dem Beten langsam an die Mauer, vor seinen Augen verblaßte das Bildnis der Gottesmutter, und er schlief ein in der tiefen Stille des geweihten Ortes.

Durch seine Seele, die voll der Sommersonne und farbenreichen Bilder war, zog ein Traum, so leicht wie ein Wölklein, das über fernen Bergen steht, und trug einen schimmernden Glanz in ihn, so daß er nach einer Weile ganz frisch und erquickt die Augen aufschlug und sich besinnen mußte, wo er eigentlich kniete. Er hatte aber im Traum eine goldene Tür erschaut, in zierlicher Schmiedearbeit verfertigt und von schwanken Zweigen überhangen; die beiden Flügel der Türe öffneten sich weit und heraus trat eine Jungfrau, die behende die Stufen heruntersprang, und ihm war, als hörte er das Knittern ihrer Gewänder und spürte das leise Streifen ihrer weißen Hand.

Indem der fahrende Schüler noch seinem Traum nachstaunte und deutlich im Geiste die schlenkernde Hand vor seinen Augen sah, fiel sein Blick auf ein schmales Goldringlein, das vor ihm auf der Holzdiele lag. Er bückte sich darnach, hob es auf und besah es. Und er erinnerte sich, daß er auch im Traum den Reif am Finger der Jungfrau gesehen und sein klirrendes Fallen gehört hatte.

Ganz verwirrt stand er auf und steckte das Ringlein an seinen eigenen kleinen Finger, wo es wie angeschmiedet festsaß, und trat unter die Türe. Die Nachmittagssonne blendete ihn und eine Weile lang vermochte er nichts zu erkennen. Als er aber nach seinem Bündel greifen wollte, sah er erst, daß davor ein braunhaariges Mägdlein kniete und mit beiden schmalen Händen neugierig in seinen Habseligkeiten kramte. Eben hatten die fürwitzigen Finger die Geige hervorgezogen und zupften sachte und behutsam an klingenden Saiten, aus den Augen aber flogen wie zwei zutrauliche Vögel die Blicke zu dem Besitzer des Bündeleins, der starr und steif auf der Schwelle stand und offenen Mundes dem Gebaren zusah.

Als sich das Mägdlein erhob, staunte der fahrende Schüler noch mehr, denn es wuchs gar schlank und herzerfreuend vor seinen Augen empor, und die Art, wie es nun so dastand, gemahnte ihn eher denn an ein neugieriges Kind an die junge Königin von Frankreich, die er einmal durch alles Volk nach der Kirche hatte schreiten sehen.

Die Jungfrau aber sprach nun zu ihm, indem sie die Geige ein wenig emporhob: »Verzeiht, fremder Herr, wenn ich Euer Bündel erlese, aber als ich Euch in das Kirchlein treten sah, dachte ich, Ihr seied sicher ein Musikante, und wollte gern wissen, ob ich recht geraten hätte. Und seht, da finde ich ein Saitenspiel. Erlaubet, daß ichs betrachte, denn mich freut derlei Gerät über alles und ich bin gerne dabei, wo Saiten tönen.«

Während der Rede der Jungfrau wuchs dem fahrenden Schüler der alte kecke Mut wieder, und er sprach lachend: »Wer mein Saitenspiel zu schätzen weiß, dem bin ich gut Freund, und überdies: ich trag ein Pfand von Euch, das mir für meine Fiedel bürgen mag.« Und er wies seine braune Hand vor, an deren kleinem Finger der goldene Reif funkelte.

Die Jungfrau erschrak ein wenig und sah erstaunt auf ihre eigenen, kleinen, weißen Hände, dann sprach sie lächelnd: »Der glitt mir wohl vom Finger, als ich an Euch vorbeihuschte. Denn als Ihr über die Schwelle tratet, kniete ich vor dem Bilde der Gottesmutter, – Ihr wißt doch, daß man von Wundern berichtet, die sie getan haben soll?«

Da der fahrende Schüler bekannte, daß er nie davon gehört habe, lachte sie ihn aus und schlug ihm vor: »Ich will Euch wohl erzählen, was ich von den Wundern weiß, wenn Ihr mir später, in der Abendkühle, eine Weise aufspielen wollt.« Der Handel gefiel dem Musikanten, dem plötzlich alle Müdigkeit aus den Gliedern gefahren und nur die duftende Glut des Sommerwandertags wohlig im Blut geblieben war. Er schritt mit der Jungfrau ins Kirchlein zurück und sie setzte sich in einen kühlen Stuhl, wo es schattigdunkel war, er zu ihren Füßen auf einen Schemel, wobei er sagte: »Da ziehe ich seit langen Jahren in der Welt umher und sitze, so wie jetzt vor Euch, vor weisen Männern, aber wahrlich, noch nie bekam ich also liebliche Lehre aus schönem Munde zu hören. Was sind die hohen Schulen alle zusammen, verglichen mit diesem schattigen Kirchlein inmitten der blühenden, wilden Rosen? Doch fanget an, hochedler Lehrmeister! Euer Schüler dürstet nach Euren Worten nicht minder als sein trockener Gaumen nach einem Becher Wein lechzt.«

Da erhob sich die Jungfrau rasch und sagte: »Ich muß Euch wohl erst zu trinken schaffen, wenn ich Euch nachher aufmerksam bei meinen Wundern haben will.« Sie schritt leicht und leise durch das Kirchlein und hantierte in einer Ecke herum, aber der Schüler vermochte nicht zu erkennen, was sie suchte. Nach einer kurzen Weile kehrte sie heiteren Angesichtes zurück und trug zwischen beiden Händen die kleine, silbergehämmerte Schale, in welcher das geweihte Wasser funkelte und einen zitternden Schein auf ihre weiße Stirne warf.

Als der fahrende Schüler den seltsamen Kelch sah, der ihm von also lieblichen Händen geboten wurde, erschrak er und zauderte, ihn zu ergreifen. Die Jungfrau aber sagte mit leisem Lachen: »Die gute Gottesmutter, die schon so manches Wunder getan, wird uns nicht zürnen, glaubt es mir. Seht, ich sündige mit Euch und will die Strafe mit Euch tragen!« Nach diesen Worten hob sie die Schale mit beiden Händen, senkte ihre Lippen bis an den geschweiften Rand und trank ein Schlücklein oder zwei von dem geweihten Wasser. Der fahrende Schüler sah mit Entzücken ihren schlanken Hals unter der schimmernden Schale und vermeinte durch die zarte Haut zu erblicken, wie die Tropfen einzeln gleich einer Perlenkette die Kehle hinunterrollten. Er bekam große Lust, auch aus der Schale zu trinken, merkte sich genau die Stelle, an der ihre feuchten Lippen gelegen hatten, und griff mit beiden Händen zu, als sie ihm das Gefäß hinbot. In seinem heißen Durst schmeckte er erst nach einem langen Zuge, daß er süßen Wein trank, setzte die Schale von den Lippen ab und starrte erstaunt hinein. Hellgolden glänzte es aus dem Silbergefäß und wie aus einer Bergwiese, deren Blumen einen himmelklaren Sommertag lang Sonnenglut in sich hineingetrunken haben, stieg ein Duft empor. Da führte er die Schale nochmals zum Munde und trank sie in langen, durstigen Zügen leer. Als er sie nachher der Jungfrau wieder in die Hände legte, hatte der süße Wein seine Gedanken schon so kunstgerecht zu einem bunten Teppich verwoben und verknüpft, daß er vergaß, nach dem Fäßlein zu fragen, aus dem sie den seltenen Tropfen habe rinnen lassen.

Er legte vielmehr seine Stirne leise und wie ein Kind am Abend, wenn es den Geschichten der Mutter lauscht, auf die Kniee der Jungfrau, die mit singender Stimme von den Wundern zu erzählen begann. Sie redete und sprach von allem, was die Leute über die liebe Gottesmutter in den Rosen wußten, und er hörte mit andächtigem Staunen von der großen und seltsamen Liebe, die sich hier an Menschen offenbart und die er selber in seiner unsteten Wanderlust nie anders als zu den Tälern mit ihren weißen Straßen und zu den blauen Bergen mit ihren tiefen Wäldern und zu der Ferne und zum Meer empfunden hatte. Er gedachte aller Mädchen, an denen er auf seinen weiten Fahrten vorübergezogen war und die ihm, wie er mit seiner Geige und seinem Bündel so leicht dahinschritt, lange nachgeschaut hatten. Und es tönte in sein Gemüt wie eine ferne, ferne Glocke und eine Weile war ihm wie einem Menschen, der plötzlich auf der Straße stehenbleibt und sich umsieht, weil er meint, er habe den schöneren Weg verfehlt und komme nun später ins Städtlein und nach Hause. Aber bald entschlug er sich solcher Gedanken, und als die Jungfrau endlich schwieg, hob er lachend den Kopf von ihren Knieen und fragte sie: »Glaubt Ihr, daß auch an mir ein solches Wunder geschehen könnte? Mein ganzes Sehnen stand bisher nach dem Wandern und der weiten Welt und meiner Geige, und davon kann ich wohl niemals lassen.«

Die Jungfrau erwiderte ihm: »Mir scheint diese Liebe nicht geringer zu sein als jene andere zwischen Menschen, und ein Wunder kann deshalb gar wohl auch an Euch geschehen, noch ehe ein neuer Tag gekommen und wieder gegangen ist.«

Unter den Erzählungen der Jungfrau war der Abend hereingebrochen und die Sonne nach den Hügeln hinabgesunken. Der fahrende Schüler blickte das Tälchen hinunter und packte dann sein Bündel, das der Jungfrau Hände zerwühlt hatten, wieder zusammen. Dann versuchte er, das Ringlein von seinem kleinen Finger herunterzustreifen, und sagte dabei: »Euer Pfand muß ich wohl zurückerstatten, wenn ich mein Saitenspiel nicht aufgeben will.« Er mühte sich sehr an seinem Finger, der schon ganz rot wurde, aber der Goldreif saß fest und wich nicht von der Stelle.

Die Jungfrau sah ihm eine Weile zu, dann sagte sie lächelnd: »Nehmt ihn mit Euch und tragt ihn als Angedenken an diese stillen Stunden und an mich. Und wenn Ihr einst ein Ringlein braucht, – denn auch an Euch kann das Wunder geschehen! –, so müßt Ihr keines schmieden lassen, sondern streift dieses ab und steckt es Eurer Liebsten an den Finger.«

Da nahm er mit vielem Dank von ihr Abschied, und während er durch die blühenden Rosen in die Wiesen hinaus und das stille Tälchen hinunter schritt, hob er die Geige unters Kinn und strich mit dem Bogen über die Saiten, wie er es der Jungfrau versprochen hatte. Sie aber stand hoch und lauschend auf der Schwelle unter der Türe und wandte sich dann langsam ins dunkle Kirchlein zurück. Als er sich nach ihr umsah, war sie verschwunden. Da schritt er tüchtig aus und stieg nach der abendlichen Stadt hinunter, über deren Dächergewirr rötlichglühend die beiden schlanken Münstertürme im späten Sonnenschein standen.

Nachdem er durch die Gassen gegangen war und sich die Häuser angesehen hatte, legte er sein Bündel in einer Herberge nieder und begab sich in eine Schenke. Er setzte sich neben einige Männer, die dort zechten und den fremdländischen Gast neugierig betrachteten. Als er von seinen Wanderungen zu erzählen begann, rückten noch andere herbei und lauschten seinen Worten, und mancher, der auch einmal eine Reise unternommen und das und jenes gesehen hatte, fragte ihn aus, ob dort der schiefe Turm noch stehe und dort das große Münster jetzt zu Ende gebaut sei und dort noch immer so saurer Wein verzapft werde wie vor zwanzig Jahren. Auf alle Fragen gab er Antwort, so gut er's wußte und schwatzte den Bürgern noch mancherlei vor, was sie wohl gerne hören mochten, indem er ihre Stadt in allen Tonarten lobte und vor andern pries, denn er hoffte auf diese Art zu einer wohlfeilen Zeche zu kommen.

Nun traf es sich aber, daß an jenem Abend Basilius Rutenzwyg, der bucklige Goldschmied, diese Schenke aufgesucht und sich zum fahrenden Schüler gesetzt hatte, weil er ja selber auch weit in der Welt herumgereist war und gerne von fremden Städten, die er kannte, erzählen hörte. Er hatte aber mit seinen scharfen Goldschmiedsäuglein gar bald den schmalen Ring an des Schülers kleinem Finger bemerkt, wenn dieser mit seinen Händen herumfuchtelte, und auch erkannt, daß es der Reif sein müsse, den er selber einmal dem wundertätigen Bildnis angesteckt hatte, weil kein anderer Finger ihn tragen mochte. Das kam ihm seltsam vor, und er beschloß bei sich, den fahrenden Schüler zu prüfen, woher er den Ring besitze, denn er hatte gleich den Verdacht gefaßt, jener sei ein Dieb und habe das Kleinod gestohlen.

Darum fragte er ihn so nebenhin, ob er denn auch die Sehenswürdigkeiten hier schon besucht habe, nicht daß er später nach Mainz oder Köln komme und dann nichts vom Spalentor oder von dem Wunderbild in den wilden Rosen zu berichten wisse. Der fahrende Schüler erinnerte sich bei diesen Worten alles dessen, was ihm am Nachmittag begegnet war, und er senkte ein wenig den Kopf und drehte langsam den goldenen Ring. Das entging den lauernden Blicken des buckligen Goldschmieds nicht, um aber seiner Sache noch sicherer zu sein, fragte er ihn ohne Umschweife nach der Herkunft des schmucken und seltsamen Rings, desgleichen er noch nie gesehen zu haben vorgab, obgleich er Goldschmied sei und gewiß manches schon erblickt habe.

Der fahrende Schüler, der nicht gewohnt war, von solchen Dingen zu reden, und sich des Ringleins fast ein wenig schämte, wurde rot bis unter die Haare und sagte verwirrt: »Den Ring hat mir ein Mägdlein gegeben, warum, das weiß ich selber nicht!« Alle Männer am Tisch, die ihm zugehört hatten, brachen in ein schallendes Gelächter aus und sahen sich den Ring näher an, aber der Goldschmied winkte einen nach dem andern zur Seite und teilte ihnen seinen Verdacht mit und schlug ihnen vor, wie er den Schelm zu fassen gedenke. Sie nickten ernst, zogen ihre Becher von dem des fahrenden Schülers zurück und redeten nicht mehr mit ihm. Er aber wußte nicht, was sie dazu bewogen hatte, und fragte sich, ob es wohl hier nicht Sitte sei, daß die Mägdlein fahrenden Schülern Goldreifen schenkten zum Angedenken. Er saß still hinter seiner Kanne und trank den Wein, der ihm gar nicht mehr recht schmeckte; als aber der Wirt zu ihm trat und ihn barsch zum Zahlen aufforderte, fuhr er zusammen, denn die Zeche war hoch angelaufen und überstieg die paar Batzen, die er bei sich trug. Von den Männern aber dachte nun keiner daran, für ihn zu bezahlen, sondern mit kalten Augen sahen sie alle von ihren Bänken herüber und flüsterten einander zu, was der Schelm wohl anfangen möge.

In seiner Verlassenheit gedachte der fahrende Schüler wiederum des Ringleins, das ihm so lustig zufunkelte, und rasch entschlossen streckte er die Hand nach dem buckligen Goldschmied hinüber und fragte ihn: »Was wollt Ihr mir für den Goldreif bezahlen? Er ist mir feil und Ihr könnt ihn vielleicht gebrauchen, da er Euch so seltsam schien.«

Der Goldschmied sprang von der Bank empor und rief laut: »Jawohl, der Reif ist Euch sicherlich feil, je eher desto lieber, und mir kommt er gar seltsam bekannt vor mit seinen eingeritzten Herzen und Blumen, – sah ich ihn nicht schon am Bildnis der heiligen Gottesmutter und habt Ihr ihn etwa nicht gestohlen?«

Bei diesen Worten waren auch die andern Männer aufgesprungen, hart an den fahrenden Schüler herangetreten und faßten ihn nun an den Armen mit groben Griffen. Sie übergaben ihn der Nachtwache, die eben nach den Mauern zog, und diese warf ihn in den Turm, ohne daß er ein Wort zu seiner Rechtfertigung hätte suchen und sagen können. Als er nun auf seinem feuchten Holzklotz saß und eine rasselnde Kette an den Knöcheln spürte und langsam begriff, was ihm geschehen war, sagte er sich ganz verzweifelt, daß nun alles verloren sei, denn kein Mensch würde ja seinen Worten von dem Mägdlein glauben; und ihm selber kam sein ganzes Erlebnis in den wilden Rosen immer sonderbarer und unverständlicher vor. Er legte den Kopf in die Hände und spürte den kalten Ring an seinen heißen, pochenden Schläfen, und als er der weiten Wege gedachte, die er am folgenden Tag und sein ganzes Leben lang noch hatte durchwandern wollen, begann er bitter zu weinen, denn er war noch sehr jung an Jahren und wußte, daß ihn die gestrengen Bürger der Stadt ob des vermeintlichen Frevels und Raubes sicher zum Tode verurteilen würden. In all seiner Trauer vermochte er aber dennoch nicht der Jungfrau zu fluchen, die ihm mit ihrer Gabe sein Schönstes, das Leben mit seiner Wanderlust und seinem Geigenspiel, genommen hatte.

Langsam zerrann die Nacht, beim Morgengrauen wurden die Flügel des Stadttors knarrend aufgetan und Schritte klapperten auf dem Pflaster. Ein paar schwirrende Sonnenstrahlen schossen durch das Gitterfensterlein in die dunkle Kammer und huschten frierend an den feuchten Steinmauern auf und nieder. Der fahrende Schüler sah ihrem Spiel zu und dachte an die weißen Straßen, die im Morgenlichte wie Bänder zwischen den Wiesen und Wäldern schimmerten. Dann aber wandten sich seine Sinne zum Tode hin, und er betete zur lieben Gottesmutter und erwartete sein Geschick.

An diesem Morgen sandte der Rat einen Reitersmann hinaus zu den Mönchen, in deren Obhut das Kirchlein stand. Er traf sie in großer Aufregung, weil sie auch schon bemerkt hatten, daß der goldene Ring der heiligen Gottesmutter geraubt worden war, und er sprach ihnen Ruhe zu und versicherte, der Schelm sitze schon im Turm und warte auf sein Gericht. Da man am Nachmittag gerade einen Roßdieb zu hängen gedenke, werde man wohl mit dem Ringschelm nicht lange zögern, ihm sei auch schon der Strick gedreht. Des freuten sich die Mönche und bewirteten den Reitersmann so reichlich, daß er erst gegen Mittag wieder in die Stadt trabte, während die Richter und Bürger und der bucklige Goldschmied, der seine Werkstatt geschlossen hatte, ungeduldig auf ihn warteten.

Als nun der Reiter die Aufregung der Mönche geschildert hatte, schoben sie das Geschäft nicht mehr länger auf, sondern schickten den beiden Schelmen einen Pfaffen zum letzten Gebet und wandelten langsam und bedächtig, wie es ihrer Würde geziemte, zur Richtstatt hinaus, wo der Galgen lustig seinen Arm nach dem Schwarzwald hinüberreckte, und viel Volk, alte und junge Müßiggänger, folgte ihnen nach und scharte sich um den Hügel.

Es war am Nachmittag und die Sonne stach heiß hernieder, als die beiden Schelme aus dem Tor geführt wurden, von einem Trüpplein Bewaffneter begleitet. Der Henker schritt hinter ihnen her und besah sich ihre Nacken mit kundigen Blicken, den breiten des Pferdediebs, auf dem rotstruppige Haarsträhnen wucherten, und den schmalen des Ringschelms, über den braune, wirre Locken fielen.

Auf der Landstraße, als sie die schattige Stadt und das finstere Tor durchschritten hatten, schnupperte der Roßdieb wie ein Tier in der Luft herum und sagte zu seinem Begleiter: »Jetzt möchte ich wohl dahinreiten; ei, wie sollten mir die Hufe klappern, bis ich den Stadtbann hinter mir hätte!« Da ward dem fahrenden Schüler schwer ums Herz und er sagte: »Und wie wollte ich in den Abend hinauswandern, dort den Rhein entlang! Die Nacht wird lau, und man kann draußen im Grase schlafen.« Der Roßdieb lachte und sprach: »Sie haben uns eine fürnehmere Herberge zurechtgemacht.« Und er wischte sich mit dem Handrücken über die Augen und sagte: »Wie die Sonne mich blendet!«

Unterdessen waren sie auf dem Hügel angelangt und standen mitten im Ring des Volkes, unter dem Galgen, in dessen Stamm der Henker neben eine lange Reihe von Kerben zwei neue schnitt. Sein Bube zog ein Leiterlein heran und legte zwei frischgedrehte, flachsgelbe Stricke über die Sprossen.

Der fahrende Schüler sah weit über die Leute hinaus ins Land. Auf der Straße eilten noch ein paar verspätete Zuschauer herbei. Der Roßdieb aber reckte sich empor und spitzte die Ohren, denn er hörte in der Ferne Hufgetrappel.

Einer der Richter hob ein Pergament vor die Nase und begann daraus vorzulesen. Die beiden Schelme hörten kaum auf seine Worte, denn jeder hatte seine Gedanken anderswo, der eine auf der Straße den Rhein hinunter, der andere bei dem herantrappelnden

Roß. Der Richter aber las ihnen vor, daß nun der eine wie der andere zur Sühne seiner Missetat am Galgen aufgeknüpft werde, wenn nicht ein ehrbares Mädchen vortrete und ihn zum Ehegatten verlange. Nach diesen Worten machte er eine lange Pause und blickte mit ernster Miene im Kreise herum, aber die alten Jungfern, die gekommen waren, das Schauspiel aus Neugier zu schauen, drehten sich voller Abscheu und Widerwillen um und prusteten, als wollten sie damit sagen, sie hätten bessere Auswahl; die halbwüchsigen Mädchen aber, die mitgelaufen waren, sahen aus dunkeln Augen auf den fahrenden Schüler und manchem klopfte das Herz gegen sein enges Miederlein, aber sie waren noch zu jung zur Freite.

So wollte der Richter, der das Pergament wieder vor die Nase emporgehoben hatte und die Stelle suchte, wo er stecken geblieben war, schon weiter lesen und die Schelme in des Henkers Hände überliefern, als der Pferdedieb seinen Galgenbruder derb in die Rippen stieß und ganz laut sagte: »Sieh dir das schöne Roß an, das da mitten in die Leute hereingeritten wird!« Der fahrende Schüler, der eine Weile schon an seinem Ringlein gedreht und gefühlt hatte, daß es nur noch ganz lose saß, fuhr auf und sah nach dem Rößlein hinüber.

Auch die Leute hatten es bemerkt und wichen nun gar ehrerbietig zur Seite, als eine Frau aus dem Sattel sprang und mitten durch die Gasse auf die Richtstatt schritt. Sie sah den fahrenden Schüler neben dem struppigen Roßdieb stehen und lächelte ihm zu, er aber erkannte sie erst, als sie mit lauter, klingender Stimme zu den Richtern und allem Volk sprach: »Ich begehre diesen Gesellen dort zu meinem Ehegemahl, wenn er mich haben will. Schon trägt er ja ein Ringlein von mir.« Und sie nahm ihn an der Hand und ließ den Goldreif in der Sonne funkeln. Der bucklige Goldschmied, der hinter den Richtern stand, fuchtelte mit beiden Armen in der Luft herum und schrie: »Laßt euch nicht beschwindeln, hängt ihn auf!« Aber alles Volk strömte zusammen, riß die Richter und die Stadtknechte mit sich und jubelte, denn unter den vielen Schelmen, die jahrein jahraus zum Galgen geführt wurden, war noch selten einer wider alle Vermutung vom Leiterchen weggefreit worden.

Der fahrende Schüler wußte lange nicht, was mit ihm geschehen war, und eine Weile meinte er in seiner Verwirrung, er sei eben schon gehängt worden und wandle nun im Himmel einher, von einem Engel oder gar von der süßen Gottesmutter selber an der Hand geführt, dann aber sah er wieder den Galgen neben sich und das jubelnde Volk und die Richter, die sich vor der Jungfrau an seiner Seite verneigten, während die Leute auf ihren Namen rieten. Als der Schüler sich aber nach seinem Gefährten, dem Roßdieb, umsah, erblickte er ihn nirgends; erschrocken hob er das Gesicht empor und schaute, ob er wohl schon oder noch am Galgen hange, – da begannen die Leute zu schreien und reckten die Arme und lachten laut, denn er hatte sich unbemerkt auf das ledige Roß geschwungen und jagte klappernd die Straße hinab und winkte grüßend mit der einen Hand zurück.

Also verlief dieses denkwürdige Hochgericht, und das Volk kehrte in Scharen, laut schwatzend und sehr zufrieden, nach der Stadt zurück. Der bucklige Goldschmied jedoch war spornstreichs in die wilden Rosen gelaufen, aus Wut und Neugier zugleich, denn er wollte mit seinen eigenen schiefen Augen sehen, ob der Ring nicht dennoch gestohlen und das Volk beschwindelt worden sei. Im Herzen aber dachte er, daß die Gottesmutter, wenn sie seinen Eifer sähe, vielleicht doch noch ein Wunder an ihm geschehen ließe.

Der fahrende Schüler und die Jungfrau gingen langsam nebeneinander dahin, und sie sah oftmals auf sein Gesicht und suchte seine Augen, die in die Ferne schweiften. Endlich fragte sie: »Ist jetzt nicht früher, als du dachtest, das Wunder geschehen, und liebst du mich?« Er erwiderte: »Ein Wunder ist wohl geschehen, daß ich noch lebe und wieder wandern darf, und Euch muß ich sicherlich auch lieben, denn Ihr seid besser als alle Welt zu mir gewesen, aber wo werde ich nun stille sitzen müssen und ein ehrbares Gewerbe betreiben wie alle jene, die mich hängen wollten?«

Die Jungfrau lachte, denn er hatte wie ein Kind geredet, das zu weinen beginnt, und mit schalkhafter Stimme sagte sie: »Reich mir deine Hand.« Er tat, wie sie ihn hieß. Da streifte sie ohne Mühe das goldene Ringlein von seinem kleinen Finger und steckte es an ihren eigenen, nahm seinen Kopf zwischen beide Hände, küßte ihn auf den Mund und enteilte.

Er stand und starrte ihr nach, bis er ihre Schritte nicht mehr hörte und ihre schlanke Gestalt sich in der Abenddämmerung verlor.

Dann wandte auch er sich um und wanderte davon, auf der staubigen Straße, die noch weithin zwischen den nebligen Wiesen und den dunkeln Sträuchern schimmerte.

Der bucklige Goldschmied aber kehrte am Abend verstört in die Stadt zurück und erzählte in wirren Worten, das Kirchlein stehe leer und der Erzschelm habe sogar das wundertätige Gottesmutterbild daraus gestohlen; weil er aber die Leute ausschalt und sie ein beschwindeltes Pack nannte, glaubten sie ihm ungern und liefen alle am folgenden Tage selber nach dem Kirchlein hinaus. Und siehe: da stand das Bildnis wie früher und lächelte auf sie herab, und am Finger der lieben Frau und Gottesmutter glänzte das Goldringlein in der Sonne und funkelte herrlicher als je zuvor.

Meister Zibols Kinder

An einem Ostertage, zur Morgenstunde, da alles Volk in der Münsterkirche versammelt war, wurden dem Zunftmeister und Ratsherrn Jakob Zibol von seiner Ehefrau Agnes zwei Kinder geboren, ein Knabe und ein Mägdlein. Dessen freute sich Meister Zibol gar sehr, denn wenn er auch sein Weib über alle Maßen liebte und hochhielt, so war ihm doch seine Ehe manchmal traurig erschienen, wenn er bedachte, daß sein Name, der in Basel guten Klang hatte, eines Tages mit ihm selber gestorben und begraben sein sollte. Er hatte zwar solcherlei Gedanken stets im tiefsten Herzen vor seinem Weibe verborgen gehalten, aber Frau Agnes härmte sich gleich wie er und hatte manchen Gang in die Kapelle zu den wilden Rosen hinaus getan wie eine Braut und dort zur lieben Frau gebetet, sie möchte ihren Leib fruchtbar machen. Meister Jakob Zibol hielt das Mädchen, das man ihm auf die breiten Hände gelegt hatte, starr vor sich hin, sah ernst in das greinende Gesichtlein, sprach nachdenklich: »Gott gebe, daß du werdest wie deine Mutter!« und bot darauf das Kind rasch seiner Mutter zurück, da es zu weinen begann.

Den Knaben aber trug er zum Fenster, hob ihn hoch in den Morgensonnenschein empor und wiegte ihn hin und her, lachte und rief einmal übers andere: »Er ist mir geboren! Ich habe den Tod überwunden!« und tat ganz närrische Sprünge, sodaß eine ältere Schwester der Frau Agnes, die im Hause die Wirtschaft übernommen hatte, erschrocken auf ihn zutrat und ihm das Kind entriß und sorgsam das Fenster schloß, denn die Münsterglocken dröhnten gar mächtig ins Gemach herein. Da verließ Meister Zibol das Haus und begab sich auf seine Zunftstube, aber die Menschen, denen er begegnete, blieben stehen und drehten sich um: »Was hüpft Ihr daher, Meister Jakob, als wie ein Jüngling, der seiner Liebsten gefallen will, oder gar wie ein Knabe zum Spiel?«, und allen erzählte er: »Mir ist ein Sohn geboren, er soll Johannes heißen, Johannes Zibol!« Nach wenigen Wochen fand die Taufe statt und ward zu einem reichen Fest, an das sich alles Volk noch jahrlang erinnerte.

Als die Zeit herangebrochen war, ließ Meister Zibol den Knaben Johannes bei gelehrten Magistern und bei den Domherren unterweisen in mancherlei Künsten und in der Wissenschaft, die nötig war, um fremde Hochschulen besuchen zu können.

Johannes lernte eifrig und ging in den Häusern der Domherren aus und ein, als ob er schon der ihrigen einer wäre. Er sprach mit ihnen lateinisch und griechisch, nahm teil an ihren Unterhaltungen und Redestreiten und wurde allenthalben der junge Pfaffe geheißen. Als die Gespielen seiner Jugendzeit schon in fremde Kriegsdienste zogen, saß er noch ruhig im Hause seiner Eltern; während seine Kameraden sich um schöne Jungfrauen die Köpfe blutig schlugen, nächtlicherweile in den engen Gassen der Stadt, bog sich Johannes weit aus dem Fensterchen seines Gemachs, blickte aufmerksam zu den Sternen empor, die über den Dächern und Giebeln funkelten, und suchte ihre Namen und Bahnen kennen zu lernen, denn ein zugereister Mönch hatte den Domherren und ihm mancherlei über die geheimen Kräfte der Gestirne vorgeschwatzt, hatte Heilungen getan mit Kräutern, die zu bestimmten Nachtstunden gepflückt worden waren, und ihnen seltsame Unterweisung gegeben über den Zusammenhang aller Dinge ohne Unterschied und Ansehen ihres äußerlichen Wertes. Diese geheimnisvollen Lehren hatten es dem Jüngling angetan und beschäftigten seinen Verstand wie sein Gemüt gleichermaßen, also daß er immer tiefer in die Betrachtung aller Dinge versank, aber dennoch seinen Geist gänzlich von dieser Welt abwandte und dahinging wie im Traume.

Diesem stillen Leben gleichsam zum Trotze gedieh sein junger Körper herrlich, wurde stark und blieb biegsam, und seine hellblonden Locken fielen wie ein goldener Schein auf das schwarze Gewand hernieder. Und oftmals bestaunten ihn die Gespielinnen seiner Schwester Agnes, wenn sie beisammen im Kreise saßen, und schwiegen jäh mitten in ihren Erzählungen, wenn er eintrat, – er aber merkte es nicht.

Eines Tages berief ihn Meister Zibol zu sich und verkündigte ihm, daß er nun Abschied nehmen und in die Fremde ziehen müsse, wenn er seine Jahre gebrauchen und etwas lernen wolle. Das gefiel Johannes wohl, denn sein Herz hing nicht an der Heimat noch an einem Menschen, sondern seine Begierde stand einzig nach der Wissenschaft um die geheimen Kräfte und Mächte im Weltall. Er packte seine Habseligkeiten in ein Bündelchen zusammen, das er in einem gelben Garn auf dem Rücken trug, und machte sich auf, um so bald als möglich den fremden Mönch zu erreichen und sich ihm anzuschließen. Seine Eltern und Agnes, die Schwester, gaben ihm eine Strecke weit vors Stadttor das Geleite; der Vater nannte ihm manchen Namen von Kaufleuten in den südlichen Städten, von Baumeistern in den Landen am Rhein und von anderen Männern, die er kennengelernt hatte und denen er wohl zutrauen konnte, daß sie ihre sorgsame Hand über seinen Sohn hielten, wenn es nötig wäre. Frau Agnes, die Mutter, küßte ihn oftmals, denn sie billigte die Wanderschaft ihres Sohnes nicht und hatte anderes mit ihm vorgehabt. Die Schwester aber bat ihn, er möchte ihr viele bunte Tücher und seltenen Schmuck mitbringen, denn sie war der Schönsten eine geworden und liebte es, zierlich angetan und bestaunt zu sein.

Also zog Johannes in die Ferne, durchwanderte viele Länder, hielt sich in allen Städten, wo Gelehrsamkeit und hohe Wissenschaft gepflegt wurden, längere Zeit auf und traf in einem wälschen Kloster den fremden Mönch wieder, der schon in Basel sein Lehrer gewesen war und ihn damals zum eifrigen Forschen in den Sternen und ihren geheimnisvollen Kräften angehalten hatte. Diesem Mönch, der ein unstetes Leben führte, schloß sich Johannes an, denn bei ihm hoffte er das zu finden, wonach er in tiefster Seele strebte. Der Mönch gab sich den Anschein und genoß auch allenthalben an den hohen Schulen des Rufs, als ob er um Dinge wüßte, die den andern Menschen zeitlebens verborgen blieben. In seiner Nähe lernte Johannes der vielen Kräuter Kräfte kennen, er wußte sie bald zum Wohl und Weh der Menschen zu gebrauchen, er begann unter seiner Anleitung dem Gestein Gold und Silber zu entziehen und las auch fernerhin fleißig in den Sternen. Wo sich Johannes und sein Meister hinwandten, strömte ihnen viel Volk zu, und die beiden taten manche Heilung an Kranken und Bresthaften, brauten Tränklein gegen Viehseuchen und strichen Salben für Jugendkraft und Leibesschöne, aber im geheimen war es Johannes doch nur darum zu tun, jener tiefsten Kräfte kundig zu werden, die den Menschen mit allen Dingen verknüpfen, gleichwie in einem kunstvoll gewirkten Teppich ein und derselbe Faden durch eines Menschen Antlitz und durch das Geäst des Baumes und durch die Strahlen der Sonne gewoben ist. Der Mönch sprach von diesen Kräften, als ob er sie schon oft mit seiner feinen Goldwage gemessen und im Tiegel den edlen Metallen beigeschmolzen hätte, und machte Johannes immer gieriger darnach, sie kennenzulernen, indem er die Enthüllung des Geheimnisses stets hinausschob. Johannes folgte ihm getreulich nach, des endlichen Lohnes sicher, und sah sich in allen Ländern um, vergaß der Heimat und ließ die Eltern ohne Nachrichten, obwohl er in mancher Stadt hätte Kaufleute finden können, die des Jahres einmal in Basel vorbeikamen und Meister Jakob Zibol kannten.

Zuletzt zog Johannes mit dem ruhelosen Mönch nach der Stadt Paris, wo dieser an der berühmten hohen Schule zu lehren und neue Anhänger unter den jungen Leuten zu gewinnen gedachte. Wirklich schloß sich ihnen dort eine große Zahl fahrender Schüler an, die des Meisters Handfertigkeit und geheimnisvolle Kunst bald abgeschaut hatten und sie tüchtig verwerteten, zu mannigfachem Trug und Blendwerk des gemeinen Volkes. Johannes aber erkannte hier das falsche Spiel, das der Mönch mit ihm getrieben hatte; er wandte sich von ihm ab, trauerte über die lange Zeit, die er an Hirngespinste und Gaukeleien verloren hatte, und begann gering von aller Wissenschaft zu denken und höhnisch darüber zu spotten.

In dieser Zeit, da er wie ein wehrloser Krieger ohne Panzerhemd und Zweihänder, aber mit tiefen Wunden in der Brust dastand, überfiel ihn die Liebe zu einem schönen Mädchen, und zwar so heftig und grausam, als wollte sie sich für seine verlorene Jugend an seinen ersten Mannesjahren rächen. Er ward im Innersten aufgewühlt wie ein Fluß beim Sturm, der Mauern einreißt und Dämme zerbricht, und er ging lange Zeit wie durch ein Feuermeer. Sein Stolz murrte wider diese Schmach, aber Johannes demütigte sich und sah die Liebe an als eine sühnende Strafe für seine frühere Vermessenheit und trug sie geduldig. Als ihr Dienst ihm leichter wurde und er seine Wissenschaft gerne dahingab um Genuß und Liebesseligkeit, ergriff die Pest das Mädchen, führte es aus dem Reigentanze hinweg und zwang es zum bittern Tode. Umsonst braute Johannes aus duftenden Kräutern und leuchtenden Blumen die heilkräftigsten Tränklein, – seine Kunst, die in hundert ähnlichen Fällen geholfen hatte, versagte hier und konnte ihm das Liebste nicht retten.

Er lag selber lange Zeit krank darnieder, in fremder Stadt von fremden Händen teilnahmslos gepflegt, und als er sich wieder erhob, war sein junger Körper schwach, zerfallen und siech, sein Antlitz verwildert und häßlich und seine Augen wie erloschen. Mühselig machte er sich auf und wanderte wieder der Heimat zu, als ein Bettler durch die Lande ziehend und mit heiserer Stimme den Weg nach dem Rheinstrom und der Stadt Basel erfragend.

An einem kalten Herbsttage, da es schon früh dämmerte und graue Wolken in langen Zügen über die bewaldeten Berge krochen, zog Johannes durch das Spalentor in die Stadt und schritt, auf einen Stock gestützt, nach dem Hause des Meisters Jakob Zibol. Wenigen Menschen begegnete er, und alle wichen ihm aus, als sie seine sieche Gestalt sahen. Niemand erkannte ihn wieder.

Als er vor dem grauen Hause des Meisters Zibol stand und nach dem spitzen Giebel hinaufsah, hörte er eine liebliche Stimme, die ein trauriges Lied sang. Da fiel es ihm ein, daß er mit leeren Händen zurückkehrte und nicht einmal einen Fetzen buntes Tuch für seine Schwester Agnes bei sich trage, und sein Herz wurde schwer. Er griff mit zitternder Hand nach dem blinkenden Klopfer an der Türe, hob ihn empor und ließ ihn niederfallen, daß es durch den Hausflur dröhnte.

Die Stimme schwieg mitten im Liede, dann beugte sich eine Gestalt aus dem Fenster heraus, und ehe Johannes ein Wort rufen konnte, eilte ein leichter Schritt die Treppe herunter und über den Flur. Eine hastige Hand rüttelte am schweren Schloß, riß einen Riegel zurück und öffnete die dicke, eisenbeschlagene Türe.

Johannes erblickte seine Schwester Agnes, die schlank und leicht vorgebeugt auf der Schwelle stand. Der Flur war von einem trüben Licht erhellt, das in einer kleinen Ampel brannte und heftig im Winde flackerte. Johannes trat näher und blickte dem Mädchen ins Antlitz. Dabei fiel das Licht auf seine schwache Gestalt, auf die hohlen Wangen und in die stumpfen Augen, und als er seine zitternden Hände flehend und zum Gruße emporhob, wich die Jungfrau scheu zurück, starrte ihn ängstlich an und zog die Türe zu; durch den Spalt aber fragte sie bange: »Was wollt Ihr an dieser Türe?«

Da stöhnte Johannes tief und sagte leise: »Agnes, kennst du mich nicht?«

Das Mädchen schrie auf und eilte davon, rannte ins Gemach und fiel vor der Mutter nieder; da schluchzte es und barg sein schönes Gesicht in ihrem Schoß. Die alte Frau erhob sich und fragte Agnes nach dem Grunde dieser Angst, aber das Mädchen konnte vor Weinen nicht sprechen. Die Mutter verließ das Gemach, trat auf den Flur und schritt zur Haustüre. Ihr Haar schimmerte bleich im Lichte der Ampel und sie ging gebeugt. Als sie den Mann vor der Schwelle erblickte, sagte sie sanft:

»Wie ist doch mein Kind so ängstlich, daß es vor Euch erschrak. Tretet ein und ruhet Euch aus, ehe Ihr weiter wandert. Und wenn Euch hungert, so will ich Euch Brot holen und eine Kanne Wein herbeitragen. Denn wisset, mein Sohn irret wohl auch einsam in fremden Landen umher und hungert vielleicht oder ist gar tot, – sonst hätte er uns ja einmal Kunde gegeben. Lebt er aber, so mögen ihm gute Hände tun, wie ich Euch tue.«

Johannes trat ein, die alte Frau schloß die schwere Türe hinter ihm und eilte geschäftig hinweg. Nach einer Weile kehrte sie wieder mit Brot und Wein und bot beides dem Manne dar. Johannes dankte, aß und trank und schaute derweilen um sich, auf das hölzerne Treppengeländer und die geschnitzten Türbalken, auf denen zu lesen stand: »Ich, Jakobus Zibol, habe dies Haus meinem Eheweib Agnes gebauet, mit Gottes Segen und Beistand«, und auf den Seitenpfosten waren die Namen der Kinder Johannes und Agnes eingeschnitten. Dies alles besah Johannes und erkannte jeden Winkel, jede Faser im Holz und jeden Nagel im Gebälk. Er fragte auch neugierig: »Euer Sohn ist wohl einer von den reichen Krämern, die in ferne Länder ziehen, oder was trieb ihn in die Fremde hinaus?«

Frau Agnes schüttelte den Kopf und sprach: »Ach nein, nicht Krämer ist mein Sohn geworden, sondern ihm stand der vermessene Sinn darnach, zu erkennen, was nur Gott allein weiß. Mein Mann ließ ihn ziehen und gedachte es wohl zu machen, ich aber fürchtete immer Schlimmes.«

Johannes konnte kaum an sich halten und fragte: »Habt Ihr nie von Eurem Sohne vernommen, wie es ihm geht und was er treibt?«

Frau Agnes erwiderte: »Seit langer Zeit ist uns kein Wort über ihn zugekommen, aber wir wußten, daß er heimgekehrt wäre, wenn seine Kunst ihm Segen gebracht hätte, denn er war ein gutes Kind, nur allzu hochmütig und verschlossen. Nun aber ist mein Mann vor Gram gestorben, denn er liebte seinen einzigen Sohn über alles, und ich bete täglich zu Gott, daß mein Kind auch tot sei; ehe denn daß es darben müßte oder gar in seinem vermessenen Wahn weiterhin verharrte, wollte ich erfahren, daß es mir genommen worden ist.«

Johannes erschrak heftig, aber verriet sich nicht, sondern fragte zum dritten: »Wie mag wohl Euer Sohn gestaltet sein? – auf daß ichs Euch sage, wenn ich ihn etwa auf meiner Wanderschaft irgendwo angetroffen habe.«

Die alte Frau sah an ihm vorbei, als spähe sie in die Ferne und erblicke dort das Bild ihres Sohnes; nach einer Weile sagte sie: »So wie Ihr klein und siech seid, ist er groß und stark; so wie Eure Augen blöde starren, leuchten die seinen heller denn die Sonne am Morgen; so wie Ihr heiser redet und hustet, klingt seine Stimme klar und voll, gleich einem geschliffenen Glase, – anders kann ich ihn nicht sehen, wenn ich seiner gedenke. Ihr erblicket meine Tochter, – er war unter den Jünglingen so schön wie sie unter den Mädchen lieblich ist.«

Da dankte Johannes nochmals für Brot und Wein und verließ das Haus; und Frau Agnes kehrte ins Gemach zurück und fragte das Mädchen: »Was hat dich also erschreckt, daß du weintest und dein Haupt verbargst?«, aber Agnes, die Tochter, gab keine Antwort, sondern blieb von Tag an stumm.

Johannes schritt langsam durch die engen Straßen, erst zum Münster hinauf und zu den Häusern der Domherren, wo er in früheren Jahren so oft ein- und ausgegangen war, dann zur Stadtmauer zurück, wo er im Gebüsch der Holunderbäume, die davor wuchsen, eine halb zerfallene Hütte fand; dort kroch er hinein und legte sich nieder, denn er war müde vom langen Wandern.

Am andern Tag kehrte er in die Straßen der Stadt zurück und bettelte, wie er das schon seit langer Zeit getan, die vorübergehenden Menschen um Almosen an. Er stellte sich neben die andern Bettler auf der Rheinbrücke oder lagerte sich vor der großen Türe des Münsters, wenn die reichen Kaufleute mit ihren stolzen Frauen zum Gottesdienst schritten. Da lag er dann mitten unter den andern Siechen und Aussätzigen und ernährte sich wie sie von den milden Gaben, die ihm gereicht wurden.

An den schönen Tagen aber streifte er in den Wäldern und auf den Hügeln vor den Stadtmauern umher, suchte mancherlei Kräuter und Wurzeln und übte seine alte Kunst an den Bresthaften, mit denen er nun zusammen lebte. Er heilte manche Krankheit und linderte viel Leiden, so daß ihn die Siechen der ganzen Stadt aufsuchten und jeder ihn bat, sein Uebel zu vertreiben. So wurde sein Name bekannt unter dem niedern, armen Volk, und zu seiner Hütte unter den Holunderbäumen kamen die Menschen und trugen zu ihm ihre Gebrechen wie zu einem frommen Manne, dem die göttliche Kraft der Heilung eigen ist. Aber auch die Tiere hatten Zutrauen zu ihm; scheue Vögel setzten sich auf seine Hände und flogen ihm auf die Schultern; wenn er durch die Straßen der Stadt ging, flatterten die Tauben um seinen Kopf, und zwei große, schneeweiße Windhunde, die ein reicher Ritter bei seiner Durchreise in Basel zurückgelassen hatte, wichen nicht mehr von seiner Seite, sondern begleiteten ihn auf allen Gängen, seit er eines Tages dem einen die gebrochene Pfote verbunden und dem andern eine Wunde ausgewaschen und geheilt hatte.

Als aber die Domherren und Pfaffen der Stadt von seinen wunderbaren Heilungen vernahmen und das viele Volk sahen, das ihm zuströmte und anhing, verleumdeten sie ihn, und der hohe Rat verbot ihm, fürderhin die Stadt zu betreten, und drohte ihm Kerker und Strang an.

Johannes aber trug dies mit Freuden, denn er hatte nun auf gar seltsame Weise und ohne Bücher und gelehrte Unterhaltungen die Kraft gefunden, durch die ein Mensch mit dem andern verbunden ist und nicht nur die Menschen unter sich, sondern alle Wesen, die entstehen, leben und wieder vergehen, also daß er das erkannte, wonach er vor Jahren ausgezogen war und was ihn alle hohen Schulen und auch der listige Mönch nicht hatten lehren können.

Es geschah nur manchmal, daß sein Herz traurig wurde und der Vögel gar nicht achtete, die auf seiner Hand nach Futter suchten und ihm in die Ohren pfiffen, – und das war, wenn er an schönen Tagen seine Schwester Agnes aus dem Stadttor schreiten und nach den waldigen Höhen hinüber wandern sah; er wußte, daß sie dann das Kirchlein in den wilden Rosen aufsuchte und ihr stummes Gebet vor die liebe Frau und Gottesmutter brachte, und tief darnieder drückte ihn zu solchen Zeiten die Schuld, die er seinen Eltern und dem schönen Kinde gegenüber trug.

Da geschah es, zur Zeit des Vorfrühlings, als die Aecker wunderbar braun lagen und die Haselbüsche schon zu grünen begannen, daß Johannes des öftern eine junge Frau sah, die vom Lande her auf der breiten Straße nach der Stadt zog und im Tore verschwand. Sie ging langsam daher und trug ihr Haupt geneigt; ihr Gewand war das einer edlen Jungfrau, und ihr Schritt vornehm und gelassen. Sie kam ohne Geleite daher, blieb oftmals am Wege stehen und brach die ersten Weidenkätzchen vom Strauch. Am Abend verließ sie die Stadt wieder und wanderte nach den Hügeln hinüber, wo schon die Nacht leise aus den Wäldern trat.

Johannes betrachtete sie wohl, wenn sie nicht allzuferne an seiner Hütte vorüberschritt, und ihm schien es, als trüge die edle Jungfrau einen geheimen Schmerz, denn sie neigte den Nacken wie jemand, der unter einer Last seufzt. Und dennoch traf ihn manchmal aus ihren großen Augen ein so klarer Blick, daß er lächelnd zu sich selber sprach: »Diese ist nicht von deiner Kundschaft, Johannes; heile du die Aermsten, denn sie bedürfen der Pflege am meisten.« Und mit um so größerem Eifer diente er allen Kranken und Siechen, die er fand oder die ihn aufsuchten, und vergaß darob für kurze Zeit den gebeugten Nacken und die strahlenden Augen der Jungfrau.

Da ging der Ostertag ins Land, im ersten, zarten Wäldergrün und mit den frühesten Blumen geschmückt. Noch stand die Sonne nicht hoch am Himmel, als Johannes sich an seinem Stocke zum Stadttor hinschleppte und dort sich lagerte, begleitet von seinen lieben Hunden, denn er dachte, viel Volk möchte im Laufe des Tages hier vorübergehen und ihm manche Gabe reichen, die er dann für seine armen und siechen Freunde würde wohl gebrauchen können.

Da sah er seine Schwester Agnes, die durchs Tor kam und eilenden Schrittes nach dem Tale zu wanderte, wo das Kirchlein in den wilden Rosen stand. Sie bemerkte Johannes nicht, denn sie blickte zur Erde nieder. Ihm aber stiegen die Tränen in die Augen, denn er bedachte, wie wenig seine Kunst, die so viele Menschen heilte, ihm selber je und je hatte nützen können; wie sie vielmehr seinen Vater getötet und seine Mutter traurig und bitter gemacht hatte, wie sie weder die Liebste damals retten noch der Schwester jetzt wieder die liebliche Rede schenken konnte.

Solcherlei Gedanken bewegten ihn, sodaß er es gar nicht bemerkte, wie die fremde, edle Frau dahergekommen war und nun leise neben ihm vorbeigehen wollte. Erst als ihr Schatten auf seine Hände fiel, ward er der Gestalt inne; er blickte flehend zu ihr empor und bat demütig um ein Almosen. Sie warf ihm ein kleines Veilchen zu, das sie in der Hand getragen hatte, und sagte mit sanfter Stimme: »Kann ich Euch helfen, armer Mann? Kommt mit mir, ich werde Euch in meinem Hause, das hinter jenen Hügeln steht, Wohnung geben bis an Euer Lebensende.«

Johannes lächelte und erwiderte: »Es sei ferne von mir, solche Wohltat anzunehmen. Ich lebe hier recht gut und bin zufrieden, wenn ich meinen armen, kranken Freunden helfen kann. Euer Veilchen ist der frühesten eines; sie sind gar heilkräftig, wenn man sie den Aussätzigen mit jungem Tee und Rosenblättern zusammen auf die Schwären legt. Habt also Dank, edle Frau!«

Dabei sah er so munter der Jungfrau in die Augen, als ob er selber stark und gesund und ohne Sorgen wäre. Als sich aber die Fremde langsam zum Gehen wandte und ihren Nacken wieder beugte, überkam ihn das Mitleid, und er rief ihr nach: »So Ihr mich nicht verlachen wollt, – sagt, warum tragt Ihr Euer schönes Antlitz so geneigt, als läge eine Last auf Euren zarten Schultern?«

Die Jungfrau errötete und sprach kein Wort. Er aber fuhr fort: »Seht, edle Frau, vielleicht vermöchte ich nun Euch zu helfen, wenn Ihr mir Vertrauen gewähren wolltet!«, und er lachte ein wenig über seine eigene Rede.

Da stieg in der Jungfrau braune Augen ein flackerndes Flämmlein, sie lächelte fein und voller Schalkheit und sprach leise: »Wer weiß, vielleicht! Denn schauet her und wägts in Eurer Hand, wie schwer mein Haar auf meinem Nacken lastet.«

Darauf erhob sich Johannes an seinem Stock und trat hinzu. In seiner Einfalt, die demütig allen Menschen dienen wollte, schob er seine Hand unter die Flechten und Locken der Jungfrau. »Laßt es mich Euch tragen helfen«, bat er, »auf daß Ihr Eure Stirn erheben und einmal lachend um Euch blicken könnt an diesem schönen

Ostertage, da alle Welt sich freuen soll an ihrer eigenen, strahlenden Schönheit.«

Und also zogen die beiden durchs dunkle Tor in die Stadt hinein und schritten durch die engen Gassen, über den Marktplatz, hinauf zum Münster. Sie redeten miteinander und blickten in die Fenster der Häuser, zu den steinernen Bildwerken empor und lasen die weisen Sprüche, die über den Türen gemalt waren. Ganz langsam gingen sie dahin, Johannes auf seinen Stock gestützt und die edle Jungfrau aufrecht neben ihm; bald aber lehnte er seinen Arm, der leise zitterte, sanft auf ihren weißen Nacken, und sie ließ es geschehen und bog ihr Haupt noch mehr zurück.

Als sie auf den Münsterplatz traten, begannen die Glocken aller Kirchen mächtig zu dröhnen, die Klänge rauschten wie eine breite Welle über den hellen Platz und brandeten hoch an den Häusern empor und verzitterten in die Lüfte hinaus. Der Boden schien leise zu beben, als wecke ihn das Osterglockenlied aus langem, starrem Schlafe.

Die beiden roten Türme stiegen wie edelgezierte Altarkerzen in den blauen Himmel hinauf, vom Sonnenlicht umflossen und in die herbe Frühlingsluft getaucht, als sollten sie auch bald schwellende Knospen treiben wie die Bäume zu ihren Füßen.

Weit offen standen die großen Tore, durch den tiefen dunkeln Raum leuchteten die glutfarbigen Glasgemälde in den schlanken Fenstern, brausender, vielstimmiger Orgelklang ergoß sich wie der warme, starke Duft einer blumigen Wiese durch die Pforten heraus, und ein ernster, stahlharter Gesang tauchte ab und zu aus dem Tongewühl der Glocken und der Orgel empor.

Langsam schritten die edle Frau und Johannes der dunkeln Pforte entgegen, durch die nun eine große Menge Volkes auf den Platz herausströmte. Erstaunt standen die Menschen still und ließen eine breite Gasse frei und sahen aus großen Augen auf das seltsame Paar.

Die Jungfrau lächelte leise, und das warme Blut rötete ihre Stirne ein wenig. Ihre schlanken Hände lagen gefaltet auf dem blaßblauen, rauschenden Gewande. Johannes ging neben ihr her und hatte noch immer seine Hand unter das lose geflochtene Haar der Jungfrau geschoben, ohne müde zu werden. Ueber seinen Arm rollten die braunen Flechten und zwischen den Fingern hindurch sickerten die lockigen Strähnen, und alles Sonnenlicht schien in diesem Haar zu glühen und zu gleißen, also daß Johannes wie unter einem reichen, dunkelgoldigen Mantel daherging, der seine ärmliche, sieche Gestalt umfloß und königlich deckte. Und zu beiden Seiten, eng an die Knie der Schreitenden geschmiegt, trotteten die schneeweißen Windhunde und reckten die roten Schnauzen in die Luft und schnupperten im Vorbeigehen an den Röcken und Samtgewändern der staunenden Menschen.

Johannes ging wie in einem Traum dahin. Alles Siechtum fiel von ihm, seine Schwäche sank an ihm herab, er wuchs und reckte sich, und alte Stärke und Gesundheit straffte seine Glieder. In seinen Augen brannte jugendliche Glut, und als er unter der Kirchentüre Frau Agnes, seine Mutter, weißhaarig und gebeugt, erblickte, schritt er auf sie zu und sank vor ihr in die Knie nieder. Und alles Volk umringte sie und murmelte: »Johannes ist zurückgekehrt!«

Als er sich wieder erhob und die Männer grüßte, die sich zu ihm drängten, sah er im Kreise umher und fragte hastig: »Wo blieb die edle Frau, die mich geleitet hat?« und war sehr bestürzt, als er sie nirgends erblickte. Und eine große Sehnsucht nach ihr erfüllte ihn.

Unterdessen aber eilte seine Schwester Agnes nach der Stadt zurück und begegnete im dunkeln Tor der edlen Jungfrau. Diese fragte sie sanft: »Was treibt deine Füße, also angstvoll zu eilen?« Und siehe – Agnes öffnete die Lippen und sprach: »Ich wollte beten im Kirchlein bei den wilden Rosen, aber das Bildnis unserer lieben Frau ist verschwunden, verlassen steht das Haus.«

Die Jungfrau lächelte und fragte: »Warum begehrst du noch zu beten, da doch Johannes, dein geliebter Bruder, gesund und heil und stark, wie da er auszog, zu deiner Mutter heimgekehrt ist? Geh und begrüße ihn!« Darauf trat sie aus dem Schatten des Tors in die helle Sonne hinaus und wanderte auf der Straße dahin, zwischen Wiesen und Aeckern nach den Hügeln hinüber.

Agnes aber durchlief die Gassen der Stadt, drängte sich durch den Ring der Menschen auf dem Münsterplatz und erzählte laut, was an ihr geschehen war. Und alles Volk erstaunte tief und erkannte das Wunder, das sich begeben hatte, und geleitete Johannes, seine Mutter und seine liebliche Schwester bis vor das graue Haus des Meisters Jakob Zibol.

Dort wohnte Johannes noch lange Jahre und tat manche Heilung an Siechen und Aussätzigen und starb erst in hohem Alter, und man bestattete ihn im Kreuzgang des Münsters, und alles Volk trauerte um ihn.

Die beiden Gaukler

Nie hat die stolze Stadt am Rhein ihre Tore und Gassen einem bunteren Menschenstrome aufgetan als in den denkwürdigen, lauten Jahren des langen Konzils, während welchen sie so vielen mächtigen und frommen Herren aus allen Landen und von allen Zungen, die Gott loben, als Herberge diente. Da verging kein Tag, an dem nicht die weite Fremde, die große Welt den ehrsamen Bürgern ein zauberisches Gefunkel in ihre stillschattigen Werkstätten und Kramläden gespiegelt hätte. Bald war es ein Reiterzug, der zwischen den Häusern durchtrabte, und die Herren sahen an den Fenstern hinauf und wiesen sich die roten Münstertürme, bald war es ein kostbarer Reisewagen mit Bedeckung und Troß und vielem Gepäck, bald bloß ein staubiger Botenreiter, der sich vom Tore her hastig nach seinem Ziel durchfragte, bald nur ein Wort, ein Name, ein Klang.

»Mit einem Heere wie ein Fürst ist der wälsche Kardinal letzte Woche eingerückt.« »Und der Mainzer gar? Er läßt Wache stehn vor seiner Herberge.« »Hörtest du auch, sie haben den heiligen Vater herbeschieden.« »Den heiligen Vater in Rom?« »Ja, um ihn zu richten.« »Die Byzantiner sind noch immer hier; sie gehen aber nicht zu den Versammlungen.« »Morgen kommen die Ketzer aus Böhmen; mein Hausgast, der Schreiber des engelländischen Bischofs hat es mir erzählt.« »So, die böhmischen Ketzer auch –.« Also unterhielten sich die Bürger der Stadt.

Mit den hohen Herren kam aber nicht nur ihr zahlreiches Gefolge, Schreiber, gelehrte Doktoren, Pfaffen, Ritter, Reisige, Hausgesinde, Knechte und Hunde, es kamen auch Schwärme landfahrenden Volks, Vaganten, Schüler, Gaukler, Spielleute, Weiber, Sieche und Irrsinnige. Genug hatte die Scharwache zu tun, das fremde Pack von den Toren fernzuhalten und was sich in die Stadt eingeschlichen und in den Winkeln der Kirchen und Schenken verkrochen, aufzujagen und mit harter Hand vor die Mauern zu schieben. Nur wer einem großen Herrn diente, zur Kurzweil oder zum Wohlleben, entrann der Wache, die andern aber schlugen sich auf die Landschaft nieder wie Heuschreckenschwärme, saßen bettelnd an den Straßen und lauerten auf die Gelegenheit, im Troß eines Gewaltigen wieder in die Stadt zu schlüpfen. Sie boten ihm ihre Dienste an, prahlten laut und rühmten sich flüsternd: »Ich kochte am Hofe von Ferrara! – Ich sang vor dem Kaiser! – Ich habe das Geheimnis, Gold zu machen. – Ich einen scharfen Dolch und eine stumpfe Zunge.« –

Im Klosterhofe, beim Kirchlein unserer lieben Frau in den wilden Rosen, sah es aus wie auf einem Jahrmarkt. Allerlei witzige und unnütze Kunst wurde da geübt, viel gelogen, gelacht und Schabernack getrieben, und die frommen Brüder standen bei dem fahrenden Volk, hörten gerne und ließen sich um einen Becher Wein und einen Mund voll Brot köstlich unterhalten.

»Was sind das dort denn für zwei traurige Gesellen?«, fragte einer. »Sitzen auf ihren Bündeln und stieren vor sich hin; sehen gar nicht so abgerissen aus in ihrem Habitus, bloß die Gesichter greinen, als ob sie sich selber zu Grabe tragen sollten.«

»Wir sind fahrende Schüler«, antwortete einer der Gesellen.

»Ihr kommt aus dem wälschen Land, höre ich?« fragte der Mönch.

»Ja, frommer Bruder, Gott seis geklagt! Ich wußte nicht, daß es hierzulande unsicherer ist auf den Wegen als drüben. Aber so ist es wohl: dort unten haben wir manchen erleichtert um das, was ihm zu beschwerlich und überflüssig zu tragen war, hier wird einem armen Teufel die letzte Freude weggestohlen von einem großen Herrn.«

»Was erzählt ihr da?«, staunte der Mönch. »Ihr seid beraubt worden?«

»Um unsern Schatz, Bruder. Der schwarze Tod soll den Dieb holen, – aber nein, solche Herren haben Freibriefe, vom Satan selber unterschrieben.«

Der Mönch sah die Gesellen mißtrauisch an. »Ich höre nie, daß bei einem fahrenden Schüler der Beutel klingelt, wenn er Reigen springt!«

»O du geldgierige Kutte«, knurrte verächtlich der Gesell und spuckte aus. »Batzen reiben wir uns aus den Fingern, wann es uns beliebt; sind wir nicht erfahren in aller geheimen Kunst und haben zudem das römische Recht ausstudiert nach hinten und vorne? Und da sollte es uns an Batzen mangeln!«

»Ich verstehe Euch nicht«, sagte der Mönch und schüttelte den Kopf. »So könnt Ihr ja alles kriegen, was ein Vagantenherz begehrt. Ich verstehe Euch nicht.«

Einer der Gesellen erhob sich vom Boden. »Ja, ihr Kutten seht wenig darauf, was für Seelen ihr eurem Herrgott in den Himmel schickt, glänzende, wurmstichige, verbeulte, gichtige, neidzerfressene, aufgeblasene; wir aber, die wir die Seligkeit schon hier im Jammertale betreiben, – wer weiß, drüben prellt man uns arme Teufel darum! –, wir halten auf erlesene Gesellschaft. Jede Seele ist gleich würdig vor Gott dem Richter, wenn sie nur Buße tut, aber nicht jeder Mund ist gleich rot vor dem richtenden Auge des fahrenden Schülers. – Komm, Bruder, mir fällt etwas ein!«

Die beiden Gesellen verließen den Klosterhof und wandelten auf dem Weg nach dem Kirchlein durch die Matten. Hinter ihnen blieben Lärm und Gelächter zurück.

Eine Weile gingen sie schweigend, mit gesenkten Köpfen, und achteten wenig der Abendschönheit, die das Tälchen ausfüllte wie klarer Wein eine kostbare Schale; aber plötzlich hob der eine der Gesellen das Haupt, pfiff laut in den stillen Himmel hinauf und sagte: »Bruder, wir werden sie wieder haben!«

»Du bist ein Schalksknecht, Vitalis«, murrte ärgerlich sein Gefährte und sah nicht vom Boden auf. »Wer die Schwarze besitzt, gibt sie freiwillig nicht heraus. Was so ein wälscher Hund einmal aufgeschnappt hat, hält er für ewig fest in seinen Zähnen.«

»Sachte, Bruder, sachte«, sprach Vitalis und legte ihm die Hand auf den Arm. »Er hat zwei arme landfahrende Schüler um ihre Liebste bestehlen können, aber nicht um ihren Verstand. Und so wahr als ich diesen noch habe, werden wir mit seiner Hilfe auch den Straßenraub wieder gut machen. Der hohe Herr soll von unsern Scherzen so gekitzelt werden, daß er sich schüttelt und ihm alles davonfliegt: die Freunde von der Seite, die Heiligkeit von der Stirn, die Läuse aus dem Pelz, und die Liebste aus dem Arm. Wir machen ihn zu dem, was er ist, und seine eigene Lächerlichkeit streitet für uns und unsere Sache. Lustig, Bruder! Wir spielen ihm und seinem

Hofstaat, den Glatzen und Federkielen, seines Lebens eigen Satyr-spiel vor und schenken ihm nichts. Du wirst sehen, was uns der Erfolg in die Arme wirft.«

Und während die beiden Gesellen langsam weiter gingen, legte Vitalis mit weiten Armbewegungen, kühnen Worten und frohem Lachen den Schlachtplan aus. »Diesmal spielen wir nicht für Geld, Bruder, nicht zur Unterhaltung, nicht einmal zur Erbauung; wir spielen um unseres Lebens Sonne, Rache treibt uns und köstlicher Preis lockt, – da geraten die Schaustücke am besten, hörte ich immer sagen.«

»Du und ich, wohl, – aber wo finden wir des Spiels dritte Perso-nam?«, wandte sein Geselle ein.

»Laufen nicht unseresgleichen manche hier herum? Ich hoffe wohl, einen zu treffen, mit dem ich dieselbe Bank auf irgendeiner hohen Schule gedrückt oder am selben Schenktisch die Würfel ge-schmissen habe. Die Welt ist klein für den, der lange Beine oder lange Finger hat, und unsereiner findet überall Freunde, und gute.«

»Was gewinnen sie dabei, einen hohen Herrn zu necken? Prügel oder Aergeres.«

»Wenn wir ihnen erklären, worum es geht –.«

»Wollen sie den Gewinn teilen!«

Vitalis faßte ihn hart am Arm und wies auf ein junges Weib, das ihnen entgegenschritt. Es ging mit geneigtem Kopf am Wegrande, wie jemand, der wenig seines Pfades achtet, und als es näher kam, sahen die Gesellen mit Erstaunen sein kostbares Gewand und sein Angesicht, das lieblich, aber von tiefer Trauer beschattet war.

Vitalis verneigte sich zierlich und sprach: »Nehmt, hochedle Frau oder liebreizende Jungfrau, den Gruß von zwei armen Scholaren entgegen, die es wenig leiden mögen, daß so große Schönheit von so kummervoller Miene umrahmt und verunziert sei. Keinen Erfolg möchte ich unsern bescheidenen Künsten höher anschlagen, als Euren Lippen, ehe Ihr wieder von uns geht, ein Lächeln aufzuzau-bern.«

Das junge Weib sah die Gesellen aus großen Augen an und schien den Worten nicht ungern zu lauschen. Es sagte mit wohlklingender Stimme:

»Ist es etwa nicht hart für mich, bei einbrechender Nacht allein durch dieses Land wandern zu müssen, in dem am hellen Tage nicht einmal ein Mann sicher geht?«

»Ihr sprechet wahr, wir habens erfahren. Aber wo liegt das Ziel Eurer einsamen Fahrt?«, fragte Vitalis.

Ohne zu antworten, wies das junge Weib mit seiner weißen Hand nach den roten Türmen hinab.

»So sollt Ihr wohl am Konzil teilnehmen«, sagte Vitalis. »Warum nicht?«, fuhr er fort, als sie traurig den Kopf schüttelte. »Disputieren dort nicht Straßenräuber wie der Kardinal Capranova, der wälsche Hund –«

»Schweig still!«, rief der andere Geselle und legte ihm die Hand auf den Mund.

»Wen nennt Ihr da?«, fragte das Weib hastig, und ihre Augen wurden licht und scharf. »Kennt Ihr ihn? Könnt Ihr mich zu ihm zurückgeleiten? Ich habe ihm ein Wort zu sagen.« Sie stampfte mit einem Fuße auf und warf trotzig ihren Kopf in den Nacken.

»Da gehen wir gleichen Weg in gleichem Amt«, nickte Vitalis. »Aber wieso, wenn Ihr zu seinem Gefolge gehört, streift Ihr allein hier vor der Stadt umher?«

Das Weib wies rückwärts nach dem Kirchlein, das hell in den wilden Rosenbüschen stand, und sagte: »Unsere liebe Helferin kann wohl Wunder tun, auch gegen Kardinäle.«

Vitalis und sein Gefährte schauten sich an, und ihre Mäuler standen weit offen. »Ihr seht aus wie zwei verdurstete Fische«, lachte das junge Weib.

»Meines Schauspiels dritte Persona ist gefunden, Bruder«, rief Vitalis aus und rieb sich die Hände. »Darf ich Euch ein wenig ausfragen, liebreizende Jungfrau? Und seht, das Lächeln blüht schon auf Euren Lippen!«

Das junge Weib nickte.

»Sahet Ihr im Gefolge jenes geistlichen Herrn eine dunkelhaarige Dirn in die Stadt ziehen?«

»Ob ich sie sah!«, rief das Weib.

»Ist sie nicht schön wie der erste Frühlingstag?«, fragte der andere Geselle hastig, aber darauf antwortete das junge Weib nicht.

»Schweig still«, zischte Vitalis. »Fragt man so? Du verdirbst alles. – Seht, nun gedenken wir eben dem Kardinal jenes dunkelhaarige Ding wieder wegzustehlen, – wollt Ihr uns helfen?«

»Ob ich will!«, rief freudig das Weib.

»So hört.« Und Vitalis erzählte auch ihr sein Schauspiel. Sie nickte zu allem, fügte selber da und dort ein Wort ein, – »ich kenne ihn; das trifft wie der Bolzen die Scheibe!«, lachte sie.

»Es ist gefährlich für Euch«, wandte der Geselle ein. »Weibsvolk darf nicht schauspielern, Ihr wißt es. Der Büttel ist rasch bei der Hand.«

»Der Kardinal wird auf den Knien vor ihm für mich um Gnade bitten, wenn ich es will«, sagte das junge Weib. Und obgleich über diesem Gespräch der Abend hereingebrochen war, sahen die beiden Gesellen doch noch auf ihrem weißen Gesicht ein ruhiges Lächeln.

Langsam und unter kurzweiligen Reden schritten die drei durch die Nacht, rasteten eine Weile im Kloster bei dem fahrenden Volk und machten sich dann auf den Weg nach der Stadt, immer von dem bevorstehenden Schauspiel sprechend. Am frühen Morgen kamen sie vor das Tor und auf ein Wort des jungen Weibes erhielten sie Einlaß.

»Wie sollen wir Euch nennen?«, fragte Vitalis.

»Ich heiße Maria«, sagte sie leise.

»Wie die Gottesmutter, die uns helfen mag«, fügte Vitalis hinzu. Und er wie sein Geselle zügelten ihre Reden, solange sie mit dem jungen Weibe zusammen waren, und erwiesen ihm alle Achtung in wohlgesetzten Worten und untadeligem Benehmen, wie sie es auf ihren weiten Fahrten abgeschaut und gelernt hatten. Das Weib aber ging ruhig in ihrer Mitte, und niemand in der Stadt, selbst nicht im dichtesten Gewühl, beleidigte es durch Blicke oder Zurufe, gleich als sähe es kein Mensch. –

Gegen Abend an diesem Tage, als der Kardinal Capranova mit seinen Freunden und seinem Gefolge tafelte, ließen sich drei Schauspieler bei ihm anmelden, die um die Erlaubnis baten, den hochedlen Herrn durch ein sinnreiches Gleichnis unterhalten zu dürfen.

»Sie kommen wie gerufen«, sprach der Kardinal. »Ein leckeres Mahl und ein witziges Spiel darnach: besser unterhält kein Wirt seine Gäste. Ich halte sonst wenig von dieser Kunst, aber als letzten Gang bei der Tafel laß ich sie mir gefallen. Den Gauklern meinen geneigten Gruß, und die Komedia mag beginnen.«

Die Gesellschaft rückte zusammen, die Kelche und Pokale wurden mit rotem Wein neu gefüllt, dann ging die Türe auf, und herein traten die drei Schauspieler. Der eine Geselle stellte sich mit dem Weib in des Gemaches dunkelste Ecke, Vitalis aber tat langsam einige Schritte ins Zimmer, seufzte laut, faltete die Hände über seinem Bauch und hub an zu reden:

»Gott erbarme sich meiner Seele und aller geplagten Kardinäle. Welches Leben müssen wir führen –!«

Unter lautem Aechzen und Stöhnen brachte er seine Klagerede vor, verfluchte sein Geschick, das ihn ruhelos von Konzil zu Konzil treibe, ohne Rücksicht auf seinen gebrechlich zarten Leib und die Entbehrungen der langen Reisen.

»An fremden Orten, unwirtlichen Stätten, bei karger Speise, harten Betten, mit saurem Wein, – dies ist das Leben eines Kardinals, der sich auf Reisen begeben.«

Die Gesellschaft lachte, manche nickten und riefen: »Wahr, wahr spricht er!«

Vitalis aber fuhr fort: »Was soll ich in meinem Reisewagen wohl mit mir in die Fremde tragen?«

Er ging sinnend hin und her und schüttelte den Kopf. Da schlich sich sein Geselle an ihn heran und flüsterte:

»Euer Hausaltar ist von Silber schwer und nicht von seinem Ort zu rücken. Doch vor diesem Bildnis auch, seht her, tut sich ein Kardinal gern bücken!«

Er ging in die Ecke zurück, faßte das junge Weib an der Hand und führte es zu Vitalis mit den Worten:

»Gott nimmt es wohl nicht so genau mit einem Kardinal auf Reisen, er mag nun unsre liebe Frau oder sonst ein schönes Weib lobpreisen!«

Vitalis schnalzte fröhlich mit der Zunge und rief: »In solchem Heiligendienste täglich scheint mir die längste Reise erträglich! Hab Dank für deine guten Räte! Und will ich dich, sooft ich bete, meinen treuen Freund und Helfer nennen.«

Der Geselle grinste zur Seite und lachte laut : »Den Teufel nennen mich, die mich kennen!«

Jäh war der Kardinal von seinem Sitze aufgesprungen, Unruhe unter die Gäste gefahren, das Lachen stumm geworden; alle liefen durcheinander, der Kardinal schrie, man solle die Gaukler fassen; ein dunkelhaariges Weib trat zu Vitalis und flüsterte ihm zu: »Was hast du getan? Kommt, kommt rasch!«, und zog ihn und seine Gefährten zur Türe hinaus. Aber bewaffnete Knechte eilten ihnen nach, und am selben Abend saßen des erbosten Kardinals Schauspieler im Turm; jäh hatte so ihre lustige Komedia ein trübes Ende gefunden.

Vitalis nickte vor sich hin und sagte: »Ein Liebhaber handelt immer kopflos, und morgen werden wir es um unserer Tollheit willen auch sein.«

»Sahst du die Schwarze? Sie wollte uns helfen«, stöhnte sein Geselle. »So liebt sie uns doch.«

»Was seid Ihr so verzagt?«, tröstete sie das junge Weib und lachte. »Unser Spiel ist nicht zu Ende; noch habe ich kein Wort in meiner Rolle gesprochen.«

Aber sie konnte ihren Sinn nicht erheitern. »Ich muß wohl für euch handeln«, sagte sie zuletzt.

»Für dich und uns! Aber wundermächtig mußt du sein, wenn es uns nützen soll«, spotteten sie kleinmütig.

Während der hohe Rat der Stadt am nächsten Tage für das Vergehen die strenge Strafe besprach, ließ der Geheimschreiber des Kardinals vor den ehrwürdigen Herren um Gehör bitten und sprach, als er vorgelassen wurde, folgende Worte zu ihnen: »Nicht liegt es im Sinne meines gnädigen, erlauchten Herrn, die Strafe der Uebeltäter durch seine eigene, obzwar berechtigte Entrüstung zu verschärfen; er gedenkt vielmehr für die von Gott verlassenen Sünder vor euch ein mildes Wort der Gnade einzulegen und beantragt, sie nach erfolgtem Bußgang aus der Stadt zu weisen, ohne ihnen Gelegenheit zu geben, ihre losen Zungen weiter zu gebrauchen, sei es im Komediaspielen oder aber in einer Verteidigungsrede, die bei einer weiteren Verfolgung ihres Vergehens notwendigerweise angehört werden müßte.«

Nach dieser klugen und milden Rede schüttelten zwar einige der Ratsherren ihre Häupter und brachten Bedenken gegen eine solche Rechtspflege vor, da aber der Kardinal sich weigerte, jemals als Kläger aufzutreten, entsprach die Mehrheit des Rats seinem Vorschlag und beschloß, die Missetäter in kürzester Frist aus der Stadt zu schaffen und so jedem weiteren Unfug vorzubeugen.

Zur Zeit, da alle die fremden Herren in der Münsterkirche die Morgenmesse anhörten und viel Volk auf dem großen Platze versammelt war, um sich den prunkvollen Zug all dieser Würde und Heiligkeit staunend zu beschauen, bewegte sich ein minder großartiges und frommes Trüpplein vom Turme her durch die Straßen der Stadt nach dem Münsterplatz hinauf, wo es gerade eintraf, als die Pforten der Kirche aufgetan wurden und die fremden, gewaltigen Herren heraustraten.

Zwei Häscher, in schwarzen und weißen Wämsern und mit Spießen in den Händen, schritten voran und schoben das gaffende Volk zur Seite. Dahinter gingen barfuß und barhaupt, in langen, weißen Gewändern, die armen drei Sünder, zwischen den beiden Gauklern das junge Weib, und trugen brennende Kerzen in den Händen, die ihnen im Luftzuge heiß auf die Finger tropften. Zum Schlusse kamen wieder zwei Büttel, mit barschen, grämlichen Gesichtern unter den Eisenhauben. Während aber die beiden fahrenden Schüler bleich und mit schlotternden Gliedern daherwankten, im Ungewissen darüber, ob der Gang zum Richtplatz oder in die Freiheit führe, schritt ihre Mitschuldige aufrecht und ruhig dahin, nur die Stirne vor den spottenden Blicken ein wenig gesenkt und gerötet und mit der freien Hand das flackernde Lichtlein beschützend.

»Stellt euch hier zur Seite«, herrschten sie die Häscher an, mißmutig über die Störung, welche der breite Zug der Geistlichkeit vor
der offenen Kirchenpforte hervorbrachte. Mit strengen Gesichtern
gingen die fremden Herren an den drei Uebeltätern vorbei und
wandten ihre Augen beleidigt weg, wenn aber von den jüngeren
Pfaffen oder den Rittern einer das Angesicht des Weibes erblickte,
stutzte er und staunte ob der makellosen Schönheit, die hier in den
Kleidern der Schmach und der Buße vor allem Volk sich demütigen
mußte.

Mit einem Male ging ein leiser Ruck durch das junge Weib, daß
selbst seine verängstigten Gefährten zur Linken und Rechten es
spürten und zu ihm aufsahen: sein Nacken wurde steil, seine Stirne
hob sich hoch, die Lider schlugen sich frei von den glänzenden
Augen empor und sein Blick flog herrisch dem wälschen Kardinal
entgegen, der im Zuge dahinschritt, leise und lächelnd zu seinem
Nachbar sprechend, als ob er die Sünder nicht sähe, die am Vor-
abend vor seiner reichen Tafel eine so bittere Komedia gespielt hatten.

»Was geschieht?«, schrie man aus dem Volk. Gedränge und Rufen erhob sich. »Der Kardinal ist hingestürzt.« »Nein, nicht hingestürzt«, gellte eine Stimme, »er ist vor den büßenden Gauklern auf
die Knie gesunken.« Die Büttel mußten ihre Spieße gebrauchen, um
den drängenden Haufen zurückzuzwängen. »Er beugt seine Stirne
in den Staub vor dem einen der Sünder!« »Das ist ein Weib –.« »Ein
Weib, er kniet vor einem Weibe!«

Getöse erfüllte den Münsterplatz. Der Kardinal wurde in seine
Herberge getragen; er lebte, aber seine Glieder waren reglos, sein
Mund ohne Laut.

Als die drei Sünder in aller Hast zum Turm zurückgeführt worden waren und noch am Abend des gleichen Tages vor dem geistlichen Gerichte standen, hub das junge Weib zu sprechen an und
sagte:

»Was haltet Ihr noch länger diese beiden armen, unschuldigen
Schüler gefesselt und gefangen, die schon hart genug ihr geringes
Vergehen mit Angst und Schande gebüßt haben? Ich, die ich einen
Kardinal zu meinen Füßen in den Staub gebeugt habe, hatte wohl
auch die Macht, diese zwei Gesellen an meiner Seite in ihr Verder-

ben zu führen, und bin also allein schuldig. Laßt sie laufen, ehe sie ganz vom Witz und Leben kommen!«

Hastig und schlau fragte ein Pfaffe: »Du bekennst also, allein die Schuld zu tragen daran, daß der ehrwürdige Kardinal vor dir sein Knie gebeugt, wie es Sitte ist nur vor dem Bildnis unserer lieben Frau oder einer Heiligen?«

»Ja«, sagte das junge Weib laut, und das Lächeln wich nicht von seinen Lippen.

»Sie hat bekannt und sich gerühmt, gleichzustehen mit unserer lieben Frau oder einer Heiligen«, flüsterten die Richter und verließen kopfschüttelnd das Zimmer. »Morgen fressen die Flammen einen schönen Leib und peinigen die Teufel eine verlorene Seele.«

Die beiden Gaukler aber wurden noch nicht freigelassen, obwohl sie schuldlos erkannt waren. Sie mußten vielmehr selber den Bütteln helfen, das Reisig zum Holzstoß heranzuschleppen und aufzuschichten, was sie unter Zähneklappern und Stöhnen verrichteten.

»Sie hat ihr Wort gehalten und wahrlich für uns gehandelt«, keuchte Vitalis und reichte seinem Gesellen einen Bündel Reisig.

»Sie läßt ihr Leben dafür«, wimmerte der andere und stieß das Gezweig dicht an den Pfahl, von dem schon die eisernen Handschellen an den Ketten herunterhingen.

»Lauft, für diesmal«, schrie ihnen der Büttel zu, als der Scheiterhaufen geschichtet war. »Dem Galgen entrinnt ihr doch nicht; Vögel wie ihr fliegen früher oder später auf den Ast, welcher dürr ist und doch die saubersten Früchtlein trägt!«

Da aber schon das Volk sich neugierig auf dem Platze zu sammeln begann, verbargen sich die beiden Gesellen in der Menge und gedachten, das unselige Schauspiel, das sie ja selber ausgeklügelt hatten, bis zum Ende anzuschauen. Und keiner sagte ein Wort zum andern, auch vermieden sie es, sich in die Augen zu blicken.

Mit einem Male legte sich Stille über die tausend Köpfe, und als sich Vitalis und sein Gefährte auf die Zehen erhoben, sahen sie einen groben Karren, der von einer knochigen Mähre gezogen wurde. Ein rotwamsiger Scherge führte das Roß am Halfter, auf dem holpernden Leiterwagen aber saß die Sünderin und schaute über alles

Volk hinweg. Und nun nickte sie ihren beiden Gefährten ganz leise zu, unmerklich für alle Augen, die auf ihr ruhten, und nur den armen Gesellen verständlich, welche von diesem letzten Gruß der ruhigen Augen als wie von Mittagssonne tief durchwärmt und geheilt wurden. Kummer und Angst wich von ihnen, und der Platz, der ihnen eben noch düster und abendtrüb vorgekommen war, erfüllte sich vor ihren staunenden Augen mit einem Licht, wie sie es nie zuvor gekannt hatten. So sahen sie kaum, wie das Weib auf den Holzstoß trat und an den Pfosten festgebunden wurde, und erst als der Rauch und Qualm hoch emporstieg, erblickten sie noch einmal durch eine Ritze wie durch einen zur Seite geschobenen Vorhang hindurch den schlanken Leib in den züngelnden Flammen als wie auf einer Woge von blutroten Rosen schweben. Und das Volk lief langsam auseinander.

Bis in die späte Nacht hinein rauchte der Scheiterhaufen. Da erscholl aus einer der stillen Gassen Getöse wie von laufenden Schritten und Stimmengewirr, und auf den halbdunkeln Platz strömte ein Haufen erregter Menschen, fahrendes Volk, Weiber, Mönchskutten und Gaukler durcheinander, allen voran die schwarzhaarige Dirn, um welche die beiden Gesellen ihre Komedia vor dem wälschen Kardinal gespielt hatten.

»Das Kirchlein in den Rosen steht leer«, schrien sie. »Habt ihr unsere liebe Frau erblickt? Sicher hat sie irgendwo ein Wunder getan.«

Seufzend wiesen die beiden Gesellen auf den verglimmenden Holzstoß: »Irgendwo, vielleicht; nur nicht an dieser Stätte.« Als sich aber alle hinzudrängten, sahen sie über der erlöschenden Glut rein und leise schimmernd das Bildnis unserer lieben Frau aus der Asche emporragen, unberührt von Feuer und Rauch, lächelnd, wie sie es immer in den wilden Rosen erblickt hatten. Und alle beugten still und staunend ihre Kniee.

Später in der Nacht hoben es die beiden Gesellen auf ihre Schultern und trugen es durch die schlafenden Gassen davon; hinter ihnen ging, lachend und weinend zugleich, die schwarzhaarige Dirne, und in langem Zuge folgten die Gaukler und Bettler, die Scholaren und Landfahrer, die Weiber und Spielleute, alle, die mit ihren brotlosen Künsten zum großen Konzil in die Stadt am Rhein gepilgert waren. Als sie an der Herberge des Kardinals vorbeikamen, sahen sie in einem der Fenster ein blasses Lichtlein flackern und geschäftige Aerzte hin und her eilen; der wälsche Gast aber tat seine letzten Atemzüge, und an seinem Lager standen manche der hohen geistlichen Herren und sprachen seiner entfliehenden, verzagten Seele weisen Trost zu.

Unbehelligt verließ der Zug die Stadt, das Tor stand offen und die Wache schlief, und als sie auf dem Landwege nach dem stillen Tale und den wilden Rosen wanderten, huben sie an ihre Lieder in den mannigfaltigen Sprachen aller Länder zu singen, und weit in der lauen, dunkeln Nacht verklang der Ton ihrer Fiedeln und Stimmen.

Thomas der Eiferer

In einer wirren, wilden Zeit ist das letzte der sieben Wunder geschehen, unter seltsamen Umständen wie keines zuvor. Damals wurden die Herzen der Menschen aufgewühlt, als ginge ein blinkender Pflug durch den Gottesacker dieser Welt, aber an die Pflugsterzen, die oftmals zitterten, wenn das Eisen im Boden auf einen Stein oder eine alte, zähe Wurzel stieß, hatte Martinus Luther seine festen Fäuste gelegt, und mit kühlem, hartem Blick riß es Furche um Furche in die Schollen, und wenn das Eisen allzusehr stöhnte und knirschte, so biß er die Zähne zusammen und beugte sich nieder, grub mit seinen Fingern den Stein aus dem Boden und warf ihn in weitem Schwunge in den Graben zwischen die Distelstauden und das Unkraut. Hinter ihm aber schritt eine kleine Schar und säete zwischen die aufgerissenen Schollen, allem Wind zum Trotz, der schnaubend in den fallenden Körnerregen brach und ihn verwehen wollte auf die staubige Landstraße hinaus und in den Bach, der müd und schlammerfüllt zwischen den Feldern dahinzog.

Auch durch Basel ging der neue Geist, und seltsame Kunde drang ins Kloster unserer lieben Frau, von wilden Rotten, die in der Karthause und im Klingenthaler Stift wüst getobt und manches schöne Bild von den Mauern heruntergezerrt und in den Rhein gestürzt hätten, aber auch von angesehenen Bürgern, die das Fastengebot gebrochen und Fleisch gegessen haben sollten, gar von Priestern, die schamlos die Kutten weggeworfen und nun wie gemeine Bürger Ehen geschlossen und Kinder auf ihren Namen getauft hätten.

Das alles brachte Bestürzung ins Leben der Klosterbrüder; sie hatten ohnehin in den letzten Jahren sorglos ihr Gut verwirtschaftet und am reichbesetzten Tisch verpraßt und alle ihre Gedanken mehr mit neuen, ausgesuchten und seltenen Gerichten und alten Weinen beschäftigt als mit frommem Beten und wahrem Bußetun und begriffen nun gar nicht, wie jemand mit einem solchen Klosterleben unzufrieden sein und an der schweren Münstertüre zu Wittenberg draußen die lästerlichen Sprüche anschlagen könne. Als nun gar noch in Basel selbst der Unfug um sich griff, verloren die Brüder ganz den Verstand, und anstatt zum Kreuze zu kriechen und in

Asche zu knien, huben sie das ausgelassenste, tollste Treiben an, veranstalteten wüste Saufereien in den weiten Klosterräumen und vernachlässigten Gottesdienst und Predigt, also daß im Kirchlein zu den wilden Rosen keine Messe mehr gelesen wurde und das Volk, das etwa noch vor dem Wunderbilde beten ging, mißmutig und voll Trauer den Staub auf dem Altar und die rote Ampel erloschen sah und entsetzt hörte, wie ein Wind vom Kloster her rohen Trinkgesang und weltliche Schelmenlieder in ihr leises, mutloses Gebet trug.

In solcher Zeit geschah das siebente Wunder und hat laut geredet wider die Verkommenheit und Sünde der Mönche und gezeugt von der Reinheit der heiligen Gottesmutter, die ein toller und liebeloser Mönch zu beleidigen wagte. –

Es war einmal zur Mittagsstunde, da die Brüder sich im Speisesaal versammelten zur gemeinsamen Mahlzeit. Einige trugen Schüsseln und Platten herein, aus denen feine Räuchlein emporstiegen, und jedesmal, wenn einer mit einem Gericht unter der Türe erschien, traten die andern in einer langen Reihe herzu und steckten, während es der eine mit gespitztem Mund und hochgezogenen Augenbrauen an ihnen vorbeitrug, ihre Nasen in die Schüssel und zogen den Duft ein und legten die fetten Hände über dem Bauch zusammen. Darauf nahmen sie ihre Plätze ein, unter dröhnendem Lachen und manchen Spässen, und langten zu.

An jenem Tage aber fiel es einem der Brüder ein, daß sie früher manchmal vor dem Essen gebetet hatten, was nun schon lange nicht mehr Brauch war; er suchte in seinen Gedanken und stöberte das einfache Sprüchlein zusammen, und als er es hatte, erhob er sich von seinem Stuhl, fuchtelte mit den Armen, bis alle nach ihm schauten, faltete dann die Hände und sprach mit sanfter Stimme: »Bescher uns, Herr und Gott, ein kleins, bescheiden Essen; wir wolln auch dein und deiner Güte nicht vergessen. Amen.« Bei den letzten Worten öffnete er langsam die Augen, sah demütig auf die vielen Schüsseln und hob die Hand zum Segen über sie. Ein schallendes Gelächter stieg nun zur Wölbung empor, und die Brüder warfen sich in ihre Sessel zurück und schlugen mit den flachen Händen auf die Schenkel und wackelten mit den Köpfen. Und einem von ihnen kam der Gedanke, sie wollten ein neues Gebet ersinnen, und er schrie es in den Lärm hinein, jeder solle aus dem Stegreif einen Vers bilden, der Reihe nach, und wer keinen zustande bringe, dürfe während der ganzen Mahlzeit keinen Becher Wein zum Munde heben. Da gingen alle in Gedanken nach der Klosterschule zurück, wo sie zierliche lateinische Carmina reimen gelernt und im Redekampf sich geübt und spielend Verse gegossen hatten. Nun aber war mit den Jahren der Rost auf ihre Gedanken gekommen; mühsam fahndete jeder in der Rumpelkammer seines Gehirns nach zwei Reimworten, die oft nicht besser zusammenpaßten als ein alter griesgrämiger König zu seiner jungen Frau, und diesen beiden Worten schickte er dann eine Zeile voraus, die oft gar sinnlos war und vor dem Reim herlief, wie die Buben und Mägdlein der Stadtwache vorantollen durch die Gassen.

Da wurde von den Mönchen ein Tischsegen gebetet, wie ihn noch kein Kloster gehört hatte, stoßweise und immer unterbrochen von Lachen und Schreien. Einer begann: »Bescher uns, Herr und Gott, fein weißes Weizenbrot!«, der zweite fuhr fort: »Laß schwimmen den größten Fisch auf unsern armen Tisch!«, der dritte: »Wir loben dich und danken für Käs und süßen Anken!«, und so weiter, einer nach dem andern; »Fürs Täublein auf dem Teller und die Kanne Muskateller! – Für Huhn und Reh und Has und den Falerner im Glas!«, und einer, der früher ein großer Jäger und oft in den wälschen Wäldern auf der Streife gewesen war, schrie sogar: »Schick einmal, liebe Frau, wieder eine wilde Sau!«

Es war ein solcher Lärm im Gemach, ein solches Lachen, Humpenklirren, Tellerklappern und Fußgetrampel, daß keiner der Brüder hörte, wie die Türe geöffnet wurde und ein fremder Mönch in dunkler Kutte, mit einem Strick um die Lenden gegürtet, eintrat. Er tat ein paar Schritte, warf mit einer Kopfbewegung die Kapuze zurück und blickte wild und höhnisch auf die Schmausenden. Da ersah ihn einer der Brüder; das Lachen blieb ihm in der Gurgel stecken und der Mund weit offen stehen, in seiner rechten Hand begann der Becher zu zittern, goß den roten Wein über das Gewand hinunter, fiel und rollte unter den Tisch, die linke Hand wies starr nach dem Fremden, und tonlos kam es von den Lippen: »Thomas der Eiferer –.« So leise das Wort gesprochen war, hörte es doch ein jeder durch das Lachen und Brüllen hindurchzischen wie ein Schlänglein im Gras, wenn man sich behaglich an der Sonne niedergelassen hat, und alle wandten sich auf ihren Sesseln um, so gut es gehen wollte, und saßen nun im Feuer von Thomas Augen und zuckten zusammen, als schwinge der fremde Mönch eine Geißel und zwicke unsichtbar nach ihnen.

Thomas war ein Mönch, der in jenen zerrütteten Zeiten durch die Lande zog und bei allem Volk wohl bekannt war unter dem Zunamen des Eiferers, den er erhalten ob seiner überstrengen, mitleidslosen Art zu predigen und Buße zu fordern; wohl murrte das Volk oft, wenn er zu reden begann, in den Gassen oder auf freiem Feld, aber unerschrocken fuhr er fort, ihnen ihre Sünden vorzuhalten, und da war keiner, den er verschonte, aber ebenso heftig und grimmig zog er gegen die neuen Ketzer los und flehte Gott an, er möge über sie das himmlische Feuer gießen; nach seinen Predigten zog er sich in die nächste Kapelle oder Kirche zurück und ließ die Leute zur Beichte vor sich kommen, und in langen Zügen wartete da das Volk, um ihm seine Vergehen und heimlichen Sünden zu bekennen, obwohl jedermann wußte, daß er schwere Bußen auferlegte und sich nicht leicht zufrieden gab, so daß manche, die von seinem Beichtstuhl kamen, wie blind und von Krankheit geschlagen zum nächsten Wasser taumelten und sich darein warfen oder am ersten besten Baum sich erhängten, weil ihnen die Kraft fehlte, ihre Sünden zu sühnen, wie der Mönch es verlangte.

Dieser Thomas der Eiferer war es, der so unerwartet unter die Brüder getreten war, da ihn der Weg gerade durch die Gegend geführt und er von den Bauern manche Klage über das Leben und Treiben vernommen hatte. Mit seinen eigenen Augen ersah er die Wahrheit jener Klagen, und sein Herz ergrimmte bei dem Anblick dieser lasterhaften Fresserei, desgleichen er seinen Ohren kaum trauen wollte, als er das seltsame Tischgebet hörte.

Er schritt nun wie ein wütender Stier auf die Brüder los, so daß diese mit den Sesseln zurückwichen und ihm Raum gaben; er aber faßte mit seinen beiden Händen, die sehnig und hart wie Stahl aus den Kuttenärmeln hervorkamen, den schweren, eichenen Tisch, faßte ihn an der einen Kante, stemmte die rechte Schulter und den Nacken dagegen und hob ihn hoch empor, so daß die Schüsseln, Teller und Gläser ins Gleiten kamen, herunterpurzelten und ihren Inhalt, Fisch und Wildbret, Wein und Brot, unversehens auf die

Kutten und in die Schöße der Mönche ergossen, die eben noch so schlechte Sprüche auf all die guten Dinge gemacht hatten.

Jäh und entsetzt erhoben sie sich von den Sesseln, schüttelten ihre Kleider und rotteten sich murrend und mit wütenden Blicken zusammen. Der Eiferer aber trat ohne Furcht vor sie hin und donnerte los: »Ihr Säufer und Vielfraße, schämt Ihr euch nicht eures verruchten Lebenswandels? Hier liegt ihr, tafelt und pflegt euren Bauch, treibt unheiligen Götzendienst und laßt das Volk auf euch die Finger heben und sprechen: Sie sind schlechter als wir! –, während alle Teufel durch die Lande losgelassen sind und sackweise die Seelen einfangen. Ihr seid die betrunkenen Hirten, die hinter dem Gebüsch im Schatten liegen, während der Wolf in die Herde eingefallen ist und wütet.« In dieser Art redete er auf sie ein, mit harter, höhnischer Stimme, warf die hageren Arme in die Luft und schlug mit den Fäusten umher, als kämpfe er gegen unsichtbare Geister. Die Brüder lauschten wortlos, keiner brachte den Mund auf, um ihm Einhalt zu gebieten, nicht der Abt und nicht der Küchenmeister, die beide am verstocktesten waren, sondern alle erbebten unter seinen unbarmherzigen Worten, und als er gar die Strafen ausmalte, welche die Hölle für die ungetreuen Hirten bereit habe, da rannen ihnen im Vorgeschmack der ewigen Marter die bittersten Tränen in die Bärte.

Sie begannen stockend zu reden, munkelten etwas von ihrer Einsamkeit und von ihrem zurückgezogenen Leben und daß sie nichts von den ketzerischen Geschehnissen in der Welt draußen gehört hätten, sie baten ihn dann um strenge Bußen und Fürbitte bei Gott und huben endlich an, mit gleichem Eifer wie sie vorher ihren Bauch gepflegt, nun ihren Rücken zu züchtigen, rissen die beschmutzten Kutten herunter und geißelten sich ihre fetten Wänste, wobei sie aber mehr unter der mühseligen Bewegung des Schlagens als unter den Schmerzen der Hiebe stöhnten und keuchten.

Thomas sah diesem Treiben zu, und so sehr ihn auch die Mißgestalt der feisten Leiber anekelte, freute er sich dennoch über die Umkehr der Mönche, redete ihnen noch lange zu und versprach, er wolle am folgenden Tage im Kirchlein zu den wilden Rosen predigen und Beichte hören, da ihm solches in dieser Gegend aus dem Brauch gekommen, aber bitter nötig scheine. Die Brüder schlichen darauf beschämt in ihre Zellen und warfen sich auf die weichen Lagerstätten, nicht ohne daß noch jeder ängstlich nach dem Gang hinhorchte, ob der Eiferer ihm nicht folge, um die linden Decken und warmen Daunen vom Bett herunterzureißen und dafür einen Strohsack hinzuwerfen. Allein Thomas kniete auf den Steinfliesen des Kreuzgangs und betete zu Gott und der heiligen Gottesmutter um Kraft für den folgenden Tag, da er viel Uebel auszurotten und die Gegend gründlich zu säubern gedachte. Darauf bettete er sich an der Steinwand auf den Bodenplatten, über die der stille Mondschein langsam glitt, deckte seine grobe Kutte über sich und schlief in freier Luft ein.

Am andern Morgen früh erhob er sich, rief die Brüder aus dem Schlaf, ehe es über dem Walde dämmerte, und wies ihnen, die fröstelnd und noch müde vor ihm standen, ihre Arbeiten zu: die einen hieß er ins Kirchlein gehen, zur Frühmesse läuten und nachher reinemachen, andere beschäftigte er im Garten und im Kloster, ihrer drei schickte er in die Dörfer aus, um die Leute zur Predigt und Beichte aufzufordern. Alle begaben sich an ihr Werk, innerlich zwar mißmutig, aber keiner mit unwilliger Gebärde, vielmehr zog der eine an dem Glöcklein, bis er so stark schwitzte, daß ihm das Glockenseil aus der Hand entglitt, die andern putzten, fegten, gruben und jäteten, als hätten sie ihre eigene Seele unter den Händen und wollten sie nun bis zum jüngsten Tag rein und sauber kriegen von allem Schmutz und Unkraut, und nur die drei Boten, die der Eiferer über Land geschickt hatte, fluchten und wetterten unter sich, denn jedesmal, wenn sie sich einem Gehöft näherten, wurden sie zuerst vom bissigen Hund und nachher vom höhnischen Bauer empfangen, der meinte, sie wollten ihn mit frommen Reden traktieren und dafür eine Gans oder ein fettes Schwein heimtreiben; sobald sie aber von Thomas dem Eiferer sprachen, wich der Spott von des Bauers Gesicht und er rüstete sich zum Kirchgang.

Gegen die Mittagsstunde versammelte sich viel Volk beim Kirchlein in den wilden Rosen. Die Brüder aus dem Kloster kamen demütig herbei und nahmen ihre Plätze ein, wurden aber vom Volk mit geringschätzigen Blicken betrachtet und kaum da und dort gegrüßt.

Als aber Thomas auf dem Wege daherkam, sank das Volk ins Knie und verharrte betend. Der Eiferer trat in das Kirchlein, die

Menge drängte ihm nach und füllte bald den Raum bis in alle Ecken hinein. Dicht umstanden sie das Bildnis der lieben Frau; die Greise und alten Weiber, die sich nicht ins Gewühl gewagt hatten, lagerten sich vor der Türe im Sonnenschein und lauschten von dort aus den Worten des eifrigen Mönchs. Er sprach streng und ohne Erbarmen, bald zu den Brüdern und bald zum Volk, und so sahen auch bald die Bauern schadenfroh nach den Stühlen der Mönche hinüber, wenn er deren Lässigkeit und Lotterleben tadelte, um dann selber beschämt die Köpfe zu ducken unter den boshaften Blicken der Brüder, wenn er ihren Geiz und ihre Lauheit und ihr Laster verdammte.

Nach der Predigt, als aller Herzen sattsam erweicht schienen, ließ er sich im Beichtstuhl nieder und wartete, wobei er sich nochmals im Gebet stärkte und vor Gott sich prüfte, ob er nicht zu milde und mitleidig geredet habe. Nach einer Weile streckte er erstaunt den hageren Kopf zum Beichtstuhl heraus, um zu sehen, warum kein Sünder komme. Da hörte er, wie sich vor dem Kirchlein die Bauern mit den Brüdern stritten um die Ehre, wer zuerst eintreten solle; es wollte sie aber keiner haben. Unwirsch schrie er durch die geöffnete Türe den Mönchen zu, sie sollten nach dem Kloster zurückkehren und beten und dem Volk nicht den Zugang zur Kirche versperren, worauf ein Bauer an den Beichtstuhl trat und begann, seine Sünden zu bekennen.

Die Brüder aber wandelten beschaulichen Ganges durch das Tälchen zurück nach dem Kloster, ließen sich dort im kühlen Kreuzgang nieder und sahen einander mit schrägen Blicken aus zwinkernden Augen an. Nach einer stillen Weile erhob sich der Bruder Kellermeister, verschwand und kehrte bald mit ein paar Kannen Wein und Bechern zurück. Als die Brüder zögerten, sagte er unter Schnupfen und Schluchzen, er könne es nicht mit ansehen, wie der fremde Bettelmönch den edlen Wein vergieße und schände, der doch eine Gottesgabe sei wie das tägliche Brot, und besser sei er getrunken denn verwüstet, – worauf er eingoß und schleunigst einige Becher leerte. Nicht lange dauerte es, da stand auch der Küchenmeister auf, winkte einem zweiten Bruder, verschwand und kehrte darauf mit vier großen Schüsseln zurück, in denen Schinken, kaltes Geflügel und Wildbret lag. Er seufzte und sprach, ihm sei es unbegreiflich, was der fremde Bettelmönch an diesem Hühnerbeinchen und an jenem Rehrücken auszusetzen finde; Gott habe die Tiere erschaffen und lasse sie heranwachsen, sicher nicht, auf daß sie der Mensch hochnäsig verschmähe; und getötet sei getötet, besser wäre es, man äße das Fleisch heute denn morgen, sonst müsse er es den Hunden vorwerfen bei diesem schwülen Wetter. Das sahen die Brüder alle ein, langten seufzend zu und huben an zu schmausen und zu trinken und spähten nur dann und wann nach dem Weg, der sich durchs Tälchen bis zu den wilden Rosen schlängelte; da sahen sie wohl vielerlei Volk, das langsam nach den Höfen und Dörfern zurückzog, aber nicht den eifrigen Thomas, der noch immer im Beichtstuhl saß.

In einer langen Reihe standen die Bauern und ihre Familien von der Türe des Kirchleins bis zum Beichtstuhl und warteten, aber draußen im Sonnenschein lagerten sich andere, packten mitgebrachte Vorräte aus und stärkten sich, die einen, bevor sie ihre Seele von den Sünden erleichtern wollten, die andern, nachdem ihnen schon die Buße auferlegt worden war.

Da kniete schwerfällig ein alter Bauer und bekannte zitternd, daß er vor Jahren, in kriegerischen Zeitläufen, einem Nachbarn einen breiten Ackerstreifen abgepflügt und zum eigenen Land geschlagen habe. Thomas gebot ihm, das Stück Erde unverzüglich zurückzugeben, worauf der alte Bauer weinend erklärte, der Nachbar sei schon längst gestorben und dessen Söhne ausgezogen in fremde Kriegsdienste; da verlangte Thomas, er solle das Land brach liegen lassen und täglich auf jenem Grund und Boden kniend Gott anflehen, daß der Nachbarssohn heimkehren möge noch zu seinen, des Bauers, Lebzeiten; geschähe dies nicht, so wäre es ein Zeichen, daß Gott seine Buße verworfen hätte. Zitternd erhob sich der Bauer und tastete nach der hellen Kirchentüre zurück, denn vor seinen Augen flimmerte es und seine Knie wankten.

Da kniete ein junger Mann, der kreuz und quer über der Stirne Narben trug und zu erzählen begann, er habe vor einigen Wochen sein Fähnlein in der Lombardei verlassen, da er des Krieges überdrüssig und vom Heimweh geplagt worden sei; wie er aber hier das junge Weib, zu dem ihn seine Liebe zurückgezogen, krank und matt gefunden habe, wie ihn nun eine Sünde plage, um deretwillen vielleicht seine Geliebte leiden müsse, da er einmal, in Kriegswut und

Sinnlosigkeit, eine kleine lombardische Kirche in Brand gesteckt und zuvor das Muttergottesbild mit dem Zweihänder zu Boden geschlagen habe. Thomas gebot ihm, er möge vor jedem Marienbild um Gnade für die Freveltat flehen; gesunde das junge Weib, so sei ihm verziehen, sonst hülfe ihm niemandes Hand noch Fürbitte. Schweren Schrittes verließ der Krieger die Kirche und beugte sich draußen zu einem Mädchen nieder, das bleich und mühsam atmend im Grase saß, den Rücken an die helle Kirchenmauer lehnend und mit fieberigen Augen in die Rosen starrend.

Und also knieten sie alle und vernahmen die harten Worte aus dem unerbittlichen Munde und schritten trostlos aus dem Kirchlein, mit unsichtbaren Lasten auf den Schultern.

Abend wurde es, und die letzten Greise, die noch gebeichtet hatten, zogen, auf Krücken und Stöcke gestützt, nach dem Kloster hinunter, wo sie für die Nacht Unterkunft erbitten wollten, denn Thomas hatte verkündigt, er würde am folgenden Tage wieder predigen.

Im Kirchlein wallte Dämmerung hin und her, es war still und schien nur noch leise zu flüstern von all der Sünde und Schuld, die hier laut geworden war. Bewegungslos saß der Eiferer im Beichtstuhl, seine Augen brannten, und seine Hände waren ineinander verkrampft. Seine Lippen bewegten sich, dann stand er auf und wollte hinaustreten. Aber jäh fuhr er zurück. Vor seinen Knien erblickte er eine weibliche Gestalt, tief das Haupt auf die Steine geneigt. Die Haare fielen in losem Geringel in den Staub, weiß schimmerte ein schmaler Nacken. Ein einfaches, knapp anliegendes Gewand schloß sich um die Schultern, die leise zuckten wie unter mühsam verhaltenem Schluchzen.

Der Mönch stieß hart hervor: »Was willst du von mir?«

Die Gestalt erhob sich ein wenig vom steinernen Boden und flüsterte: »Ich will beichten.«

Da faßte sich Thomas, setzte sich wieder zurecht und forderte das Weib auf, seine Sünden zu bekennen, auf daß ihm vergeben werde, so Gott wolle.

Das Weib hob nun den Kopf ganz empor und sprach mit sanfter Stimme, durch einen leichten Tränenschleier beinahe lächelnd:

»Viele lieben mich, Männer und Frauen. Kinder bringen mir die schönsten Blumen vom Felde, Mädchen sprechen zu mir von ihrer Liebe und junge Männer suchen bei mir Ruhe vor ihrem heißen Blut. Und alle lieben mich. Wenn ich durch die Straßen gehe, sehen sie nach mir sich um, Greise recken die dürren Hände nach mir und junge Frauen wünschen, wie ich so lieblich zu sein. Ist sie Sünde, die Liebe, und womit mag ich sie tilgen?«

Das Weib schwieg und blickte aus bangen Augen zum Mönche empor. Diesem schien es, als lächle das Antlitz doch leise, aus aller Seelenangst heraus, und roter Zorn erfaßte ihn, so daß er schrie: »Weiche, Weib, mit deiner verruchten Liebe von diesem geheiligten Ort hinweg.«

Da erhob sich die Frau und schritt durch die Dämmerung davon; hoch und schlank ging sie dahin, den Kopf leise geneigt und beide Hände vor das Antlitz geschlagen. Der Eiferer blickte ihr nach, bis sie unter der Türe stand und die Helligkeit von draußen seine Augen blendete. Als er sich dann rasch erhob und vor das Kirchlein trat, war sie verschwunden und nicht auf dem Wege noch in den Wiesen zu sehen.

Thomas schüttelte den Kopf, wandte sich um und schritt wieder ins Dunkel der Kirche zurück. Er tastete sich nach dem Standbild der heiligen Gottesmutter und sank auf den steinernen Fliesen nieder. Inbrünstig begehrte er zu beten, aber er vermochte nicht seine tollen Gedanken zu bändigen; wohin er blickte, überall trat ihm eine hohe, schlanke Gestalt entgegen, die beide Hände schamvoll vor die Augen geschlagen hatte; neigte er sein Antlitz zur Erde, so blinkte ein schmaler Nacken auf zu ihm und weiche Haare rollten im Staub; schloß er seine Augen, so waren seine Ohren voll der sanften Stimme.

Lange Stunden verbrachte er unter dem Wunderbild, ohne Ruhe zu finden, und sein Haß gegen das Weib und gegen seine eigene Schwäche wuchs, und seine Stirne schlug hart an den Stein. Mitternacht war vorüber, als er in einen kurzen, von Träumen durchschreckten Schlummer fiel, aus dem ihn das erste Frührot weckte.

Als er nach dem Kloster zurückkam, empfingen ihn die Brüder mit besorgten Fragen nach seinem Ausbleiben und berichteten ihm auch eine Kunde, die von Basel eingelangt sei; wüste Rotten hätten neuerdings in der Stadt und auf Streifzügen durch das Land die Gotteshäuser geschändet und manche Heiligenbilder zerschlagen und verbrannt. Thomas erbebte und beschloß bei sich selbst, sogleich nach der angesagten Predigt in die Stadt zu eilen. Dann wanderte er mit den aufgeregten Mönchen nach dem Kirchlein in den Rosen zurück, wo sich schon viel Volk gesammelt hatte. Es waren zum größten Teil die gleichen Sünder, die am Tage vorher der Predigt gelauscht und gebeichtet hatten. Wieder kniete der alte Bauer zitternd nieder und wieder beugte der Kriegsmann sein Knie, während seine Geliebte draußen im Grase lag, den Rücken an die Mauer gelehnt und mit den Fingern im Sonnenschein spielend.

Thomas der Eiferer trat vor das Volk hin und predigte gewaltig, und alle stöhnten tief unter seinen Worten. Kaum wagte es einer, ihn verstohlen anzublicken, wie er so dastand, blaß, hager, mit tiefliegenden Augen und einem bösen Glanz darin. Er redete von den mannigfachen Versuchungen der Welt, von den Fallstricken, die der Böse dem Menschen legt, und mit harter Stimme schrie er: »Wo ist das Weib, das in dieser Kirche von Liebe sprach, von der sündhaften Liebe euer aller zu ihr? Stoßt sie hinaus aus eurer Mitte! Denn sie ist verdammt vor Gottes Antlitz.«

Tiefer neigten sich aller Häupter unter dem harten Wort, still war es, daß man die Schwalben flattern hörte vor der Türe im Sonnenschein. Da schritt ein leiser Fuß über die Steinfliesen, ein Gewand rauschte, und ein Schatten ging durch das Licht der Türe. Keiner, der da kniete, hob den Kopf, um das Weib zu sehen, das der Eiferer in Gottes Namen verdammt und von der heiligen Stätte weggewiesen hatte.

Da erscholl von draußen ein Ruf; und siehe, das kranke Weib, des Kriegsmanns Geliebte, stand aufrecht auf den Stufen vor der Türe und starrte auf den Weg, der durch die wilden Rosen ging. Der Kriegsmann sprang empor und trat zu ihr, um sie zu stützen. Sie aber wehrte ihm sanft und sagte leise: »Sie hat mich geheilt, um unserer Liebe willen.«

Das Volk hatte sich von den Knien erhoben und drängte dem Ausgang zu. Eine Stimme gellte: »Wo ist das Wunderbild?« In aller Augen stieg Entsetzen. Die Mönche begannen zu jammern und schüttelten die Fäuste gegen Thomas, der blaß dastand und auf die rote, kahle Säule starrte. Dann tat einer ein paar Schritte durch das Rosendickicht und spähte den Weg hinunter. Eine Schar Menschen kam vom Kloster her, wie Eisenspeere glitzerte es in der Sonne über ihren Häuptern. Und hinter ihnen schlug eine Feuerlohe aus dem Dach des Klosters empor, steil und breit. Ein Weib schrie: »Die Mordbrenner und Kirchenschänder!« Verzweiflung schlug alle, sie flohen und zerstreuten sich in die Wälder an den Hängen rings umher.

Als die Rotte beim Kirchlein in den wilden Rosen anlangte, fand sie nur den Kriegsmann und sein junges, geheiltes Weib, aber nicht das Standbild, das zu zerstören sie hergekommen war. Die Männer schauten sich erstaunt in die rußigen, heißen Gesichter und verließen darauf den Ort, ruhig und festen Trittes, ohne das Kirchlein zu beschädigen.

Der junge Kriegsmann aber faßte seine Geliebte bei der Hand und wanderte mit ihr davon, durch die roten, wilden Rosen.

Also ist das letzte der sieben Wunder geschehen. Zwar viele Menschen, denen jene wirre Zeit den alten Glauben nahm, zweifelten schon damals daran und behaupteten, das Bild der lieben Frau sei wie hundert andere von seiner Säule heruntergerissen und vor dem Kirchlein verbrannt worden, – weshalb auch die wilden Rosen dort seither viel dunkler blühen sollen als anderswo –, aber der Kriegsmann und sein geheiltes Weib und das starke, zahlreiche Geschlecht ihres Stamms und Namens, das weit in der Welt herum sich verbreitet hat, sie alle wußten und wissen es anders und besser, wenn sie schon nicht so viel darüber reden. In die wilden Rosen und ins Kirchlein zu den sieben Wundern, wie es seither all die Zeiten genannt worden ist, wallfahrten sie noch in unseren Tagen, und wenn sie am Abend auf dem Weg, der heute noch wie damals weiß durch die Matten und Felder des stillen Tälchens schimmert, langsam heimwärts wandern, so leuchten auch ihre Augen still vom großen Wunder, das an ihnen geschehen ist und das sich zu jeder Stunde offenbaren kann, heute wie damals und in alle Zeiten.

 tredition®

Über tredition

Eigenes Buch veröffentlichen

tredition wurde 2006 in Hamburg gegründet und hat seither mehrere tausend Buchtitel veröffentlicht. Autoren veröffentlichen in wenigen leichten Schritten gedruckte Bücher, e-Books und audio-Books. tredition hat das Ziel, die beste und fairste Veröffentlichungsmöglichkeit für Autoren zu bieten.

tredition wurde mit der Erkenntnis gegründet, dass nur etwa jedes 200. bei Verlagen eingereichte Manuskript veröffentlicht wird. Dabei hat jedes Buch seinen Markt, also seine Leser. tredition sorgt dafür, dass für jedes Buch die Leserschaft auch erreicht wird.

Im einzigartigen Literatur-Netzwerk von tredition bieten zahlreiche Literatur-Partner (das sind Lektoren, Übersetzer, Hörbuchsprecher und Illustratoren) ihre Dienstleistung an, um Manuskripte zu verbessern oder die Vielfalt zu erhöhen. Autoren vereinbaren direkt mit den Literatur-Partnern die Konditionen ihrer Zusammenarbeit und partizipieren gemeinsam am Erfolg des Buches.

Das gesamte Verlagsprogramm von tredition ist bei allen stationären Buchhandlungen und Online-Buchhändlern wie z. B. Amazon erhältlich. e-Books stehen bei den führenden Online-Portalen (z. B. iBookstore von Apple oder Kindle von Amazon) zum Verkauf.

Einfach leicht ein Buch veröffentlichen: **www.tredition.de**

Eigene Buchreihe oder eigenen Verlag gründen

Seit 2009 bietet tredition sein Verlagskonzept auch als sogenanntes "White-Label" an. Das bedeutet, dass andere Unternehmen, Institutionen und Personen risikofrei und unkompliziert selbst zum Herausgeber von Büchern und Buchreihen unter eigener Marke werden können. tredition übernimmt dabei das komplette Herstellungs- und Distributionsrisiko.

Zahlreiche Zeitschriften-, Zeitungs- und Buchverlage, Universitäten, Forschungseinrichtungen u.v.m. nutzen diese Dienstleistung von tredition, um unter eigener Marke ohne Risiko Bücher zu verlegen.

Alle Informationen im Internet: **www.tredition.de/fuer-verlage**

tredition wurde mit mehreren Innovationspreisen ausgezeichnet, u. a. mit dem Webfuture Award und dem Innovationspreis der Buch Digitale.

tredition ist Mitglied im Börsenverein des Deutschen Buchhandels.

Dieses Werk elektronisch lesen

Dieses Werk ist Teil der Gutenberg-DE Edition DVD. Diese enthält das komplette Archiv des Projekt Gutenberg-DE. Die DVD ist im Internet erhältlich auf **http://gutenbergshop.abc.de**

Zeitfracht Medien GmbH
Ferdinand-Jühlke-Straße 7
99095 Erfurt, Deutschland
produktsicherheit@kolibri360.de